中华先锋人物
故事汇

孙永才

让中国高铁跑出"世界速度"

SUN YONGCAI
RANG ZHONGGUO GAOTIE PAO CHU SHIJIE SUDU

毕 然 著

党建读物出版社　　

图书在版编目（CIP）数据

孙永才：让中国高铁跑出"世界速度"/毕然著. ——南宁：接力出版社；北京：党建读物出版社，2021.9

（中华人物故事汇. 中华先锋人物故事汇）

ISBN 978-7-5448-7227-0

Ⅰ.①孙… Ⅱ.①毕… Ⅲ.①传记小说－中国－当代 Ⅳ.①I247.5

中国版本图书馆CIP数据核字（2021）第101930号

孙永才——让中国高铁跑出"世界速度"

毕　然　著

责任编辑：唐　玲　宋国静　商　晶
责任校对：张琦锋　阮　萍
装帧设计：严　冬　许继云　　美术编辑：高春雷
出版发行：党建读物出版社　　接力出版社
地　　址：北京市西城区西长安街80号东楼（邮编：100815）
　　　　　广西南宁市园湖南路9号（邮编：530022）
网　　址：http://www.djcb71.com　　http://www.jielibj.com
电　　话：010-65547970/7621
经　　销：新华书店
印　　刷：河北鹏润印刷有限公司
2021年9月第1版　　2022年12月第4次印刷
787毫米×1092毫米　32开本　5印张　70千字
印数：25 001—30 000册　　定价：25.00元

本社版图书如有印装错误，我社负责调换（电话：010-65547970/7621）

目 录

写给小读者的话 …………… 1

不能再当"睁眼瞎" ………… 1

我要去上学喽 ……………… 5

呀，火车 …………………… 11

快来看，优等生 …………… 19

我来讲课 …………………… 25

大学录取通知书来了 ……… 31

坐上了绿皮火车 …………… 37

我的大学我做主 …………… 45

苦学大补餐 ………………… 53

坐冬运火车回家 …………… 59

我的火车梦 …………… 69

精忠报国 …………… 75

给父母的一封信——

　　农家孩子造火车 ………… 85

工段里有大拿 …………… 91

向行业最美者学习 ………… 99

牵着火车"走出去" ………… 107

变变变，我的火车快快跑 …… 115

给儿子的一封信——

　　给火车加把劲儿 ………… 125

千锤百炼出真金 …………… 133

给孩子们的一封信——

　　驶向未来的"复兴号" …… 143

写给小读者的话

亲爱的小读者,你有没有和家人一起乘坐高铁列车去旅行的经历呢?

人来人往的车站,铅灰色的轨道伸向遥远的天边。高铁列车穿梭呼啸,如同一条条奔腾的银色长龙。那"长龙"掀起劲风在身旁快速旋起,又梦一般地消失在面前。

当你踏进明亮、整洁的高铁车厢时,远方在向你招手。也许,你的妈妈会拍拍座位说:"高铁动车的座位宽敞又舒适,坐几个小时的车,一点儿也不觉得累,很快就能到另一个城市。"

奶奶推推鼻梁上的眼镜说:"想当年,我们坐着绿皮火车去支援边疆,火车上人挤人,人挨人,连个下脚的地方都没有,更别说座位了。从北京到黑龙江,三天三夜,一直站着,腿都站肿了。"

奶奶的话勾起了爷爷的回忆,他捋了捋银白的头发说:"那时火车一个小时才跑二三十公里,速度很慢,车里的条件也不好。有一次,我坐了一列窗户都打不开的火车,车厢里也不像现在这样有空调,又热又闷,简直太遭罪了!"

爸爸喝着一杯热茶,说:"现在咱们中国的高铁列车每小时能跑300多公里,将来可能会提高到更高的速度呢!"

"太好了,以后回老家就更方便了!"奶奶高兴地说。

亲爱的小读者,高铁列车已经是我们生活中常见的交通工具。现在,我将邀请你乘坐一列名叫"复兴号"的高铁列车,听一段关于它的故事。

故事的主人公叫孙永才。和你们一样,他曾经也是个脑袋里有着无数个问号的孩子,也喜欢对着星空和远方展开想象,喜欢享受成功解题的喜悦。

孙永才出生在东北一个偏远的小山村,是村里第一个大学生。当年,有村民拦住他,就是为了让其他的农家孩子看看这个聪明又懂事的学生。至今,那个淳朴的小山村仍以他为荣。

曾经个子刚够上黑板的他,在黎明初晓的教室,在光洁的黑板上写下一道又一道题目。长大后,他在自己热爱的火车上,又写下一道又一道关于火车提速、安全和梦想的命题。他的身体里好像有一列奔驰不息的火车,这列火车一直在跟随着他的梦想和追问成长,最终成为奔驰在华夏大地上的"复兴号"。

"复兴号"的成功研发和全面推广,使得"天涯变咫尺",出行变得更加舒适和便捷,更多的人因此受益,世界的目光也都聚焦于此。以孙永才为代表的中国铁路人以"为中华崛起"的动力和持之以恒的决心,取得了令人瞩目的成就,为中国的火车提速,为中国加油!孙永才也成为中华大地上值得尊敬的"改革先锋"和"最美奋斗者"。

亲爱的小读者,让我们坐上这列"复兴号",现在就出发吧……

不能再当"睁眼瞎"

一九六四年,初冬。一场又一场的雪,将整个松嫩平原变成一个粉妆玉砌的童话世界。

一片片雪花从雾灰色的天幕中塞塞窣窣地飘落下来,不一会儿就堆满了院落、窗台、鸡圈、草棚,整个大地像盖了一床厚厚的雪棉被。

在中国北方这个平常的农家小院里,一对年轻的夫妇迎来了他们的第一个孩子。

"叫什么名字好呢?"父亲挠挠头,"有了,就叫他'永才'吧,让孩子将来好好学习,多读书,不要像我们一样当个'睁眼瞎'。"

"孙永才,好,咱们就盼着这孩子长大能有大出息。"母亲一边轻轻揉着孩子的小脸,一边憧憬着美好的未来。

有苗不愁长，转眼间，孙永才已经六岁了。

有一天，背着绿邮包的邮差走到院门口，喊着："来信了，你家来信了！"孙永才欢呼雀跃着接过一个牛皮纸信封，看到跟麦秆颜色差不多的黄色信封上贴着一枚带有锯齿边的邮票，上面盖着墨印，后来他才知道那是邮戳，上面有年月日和地址。

他翻来覆去地看着手里的信封，一遍遍地抚摩着上面的方块字，还有那枚印着好看图案的邮票。他把信交给爸爸，爸爸大声问正准备骑车上路的邮递员："大兄弟，是我二哥的来信吗？"

"是从沈阳来的。"邮递员急匆匆地骑上车说，"我今天要跑好几个地方，来不及给你念信了，你先找个人给看看，我忙完了再来找你，给你带信回去。"

看着邮递员骑车驮着重重的邮包匆匆远去的背影，孙永才心里想的全是那信封上的方块字。那些方块字到底是什么？信封里到底写了什么？

孙永才跟着爸爸，手里捏着这封信，找到屯

里的老先生家。老先生是屯里为数不多的读书识字的教书先生，屯里人有要念信写信的，一般都会来找老先生帮忙。

他们进门时，老先生正坐在炕上的小方桌前准备提笔写字。炕上还有两家人等在一旁，正和老先生的老伴唠嗑儿。见到他们进来，大家都知道是来找老先生念信写信的。

老先生挨个儿给乡亲们念了信：王家大伯在黑龙江农场缺厚衣服了，李家姐姐生了个大胖小子报喜了……

轮到孙家父子了，孙永才看到爸爸恭恭敬敬地将那个捏在手里的牛皮纸信封递给老先生。

孙永才看着小方桌上的几本书，不知为什么，心里痒痒的，特别想摸一摸，却又不敢动。方桌上还摆着一个黑色的方形墨盒，一支笔尖蘸了墨汁的毛笔架在上面。他用力吸溜着鼻子，除了炉子上烤地瓜的香味，他似乎更喜欢那飘着的淡淡墨香。

老先生开始念信了，孙永才听着老先生抑扬顿挫的声音，那声音穿过信纸，飞进了他的心里。他看到爸爸亮晶晶的眼睛在煤油灯下黑白分明，妈妈不知什么时候也进了屋。随着老先生念信的抑扬顿挫的声音，爸爸妈妈笑着笑着又抹起眼泪，原来是在沈阳的二伯病了，想去看病又没钱……

念完信，老先生喝了口水，乡亲们满怀同情地安慰着孙永才的父母，摸着孙永才的头，手掌间尽是怜爱之情。孙永才在一旁默不作声，眼睛却被老先生桌上的书牢牢地"抓"住了。

"过来，永才。"老先生放下茶杯，冲他招招手，"几岁了？"

孙永才怯生生地来到老先生的面前，回答道："六岁。"

"我看这个孩子机灵懂事，要让他读书识字，将来才能有出息。"老先生对孙永才的父母说。

他的父母站起来，连忙说："对对对，九月学校开学，我们就送他去上学，我们家一定要培养出一个读书人，不能再当'睁眼瞎'了。"

我要去上学喽

金秋九月,收获的季节到了。田野一片金黄,整个松嫩大地升腾着丰饶成熟的气息。

这个九月,对于孙永才而言,显得格外不同。

"我要去上学喽!"他抑制不住内心的喜悦,对每一个到他家串门的人都要说一遍。他将妈妈给他做的新衣服叠得齐齐整整,还将一个崭新的黄书包放在自己的枕头边。明天就要去学校了,就要见到新老师和新同学了。学校会是什么样?是不是要学那种方块字?学会了方块字,爸爸妈妈就不用四处求人,找人念信写信了。想到这儿,孙永才摸着黄书包不由得笑出了声。

第二天,天还没亮,孙永才就起床了。他穿

上新衣服，背上新书包，别提有多神气了！

爸爸骑着自行车送孙永才上学，孙永才坐在自行车的横梁上，两只小手紧紧地抓着车把。田野上袅袅升腾的雾霭，远远地看去，如同白色的纱罩。天边泛起一缕朝霞，一轮红日在晨雾中穿行跃升，整个天空被染成了色彩瑰丽的图画。此起彼伏的鸡鸣狗叫，把整个乡村唤醒了，农民们三三两两地走向金色的田野。向日葵橘黄色的花盘对着太阳绽开了笑脸，绿色的玉米叶上闪着晶莹的露珠，在阳光下一闪一闪，晃人眼睛。沙土路上，自行车一路丁零零，偶尔有大车呼啸而过，扬起一阵金色的尘烟。

学校在距家两公里之外的地方，爸爸一边蹬自行车，一边哼着小曲。看到学校了，孙永才激动地说："爸，学校到了！"爸爸停下车，孙永才一边揉着发麻的小腿，一边好奇地看着学校门口那几个方块字。跟着爸爸走进学校时，孙永才紧张得紧紧地抓着爸爸那粗大的手。

"永才，好好学习，在学校听老师的话。"爸爸给他报了名，把他交给了老师。

孙永才点点头,目送着爸爸骑着自行车远去。

这个九月的早晨,闪着希望的金色光泽的早晨,深深地刻在孙永才的记忆里。

学校的一切都让孙永才感到新奇——丁零零的上课铃声,满是斑驳纹理的书桌,黑板上写着的大大小小的方块字,隔壁教室高年级同学琅琅的读书声,还有操场上那些戴着红领巾做早操的哥哥姐姐。

孙永才的同桌悄悄地递给他一颗大瓜子,他心里感到快乐又无措,摇摇头又点点头,腼腆地冲着同桌笑了笑。

"老师来了,老师来了,快坐好。"小伙伴们慌慌张张地坐回自己的座位上。

一个戴眼镜的中年男子带着几个个子较高的孩子进来,孩子们的脸蛋红扑扑的。

"同学们好,今天是开学第一天,我是李老师,教语文、算术、体育、音乐和美术。咱们是一、二、三年级在一起上课的。"李老师扶了扶镜片像酒瓶底一样厚的眼镜说。

孙永才的眼睛一眨不眨地看着李老师,对李

老师在黑板上写下的方块字格外痴迷。他着迷地看着那些字，下课了还呆呆地看着，并学着李老师的样子，用粉笔头在黑板上怯怯地画下一笔，就是这一笔，激起了他的求知欲。

李老师很快便注意到了这个格外认真的孩子，看他的眼神都跟看别的孩子不一样。孙永才在练习本上一笔一画地练习着横平竖直、间架结构，一行行写满了，一页页写满了，一本本又写满了，他的作业本上总是打满了红色的钩，篇篇都是100分。本子不够写，他就在沙地上写，在废纸盒上写，凡是可以利用的一切都被他用来练习写字。

一天，孙永才自豪地将自己写的名字给爸爸妈妈看："爸爸，妈妈，我会写字了。"妈妈笑吟吟地摸摸他的头，说："乖孩子，好好学。"爸爸却问道："能给沈阳的二伯写信吗？"

孙永才眨眨眼睛，摇摇头，心想，一定要学会写信，到时候就能像老先生一样可以给全屯的人写信念信了。

有一次，孙永才和爸爸去屯里登记。屯里让

爸爸签字的时候，爸爸为难地搓搓手，又挠挠头，只能在登记表上画了一个三角形代替。

孙永才说："爸爸，我会写你的名字了，我来写。"于是，在众人惊奇的注视下，他从容地写下了爸爸的名字。周围的乡亲纷纷竖起大拇指，说："这个小不点儿真能呀！"

回家的路上，孙永才坐在爸爸自行车的横梁上，感觉到爸爸的心情格外愉快，因为爸爸一路上和乡亲们打招呼的声音格外响亮，自行车的铃铛也按得格外响。

"永才，爸爸做了几十年的'睁眼瞎'，吃尽了没文化的苦。人啊，一定要有文化！"爸爸的这句话深深地印在孙永才的心里，他认真地点点头。

渐渐地，孙永才适应了学校的生活，每天很早就和小伙伴们一起去上学，中午放学又一路小跑地回到家。只要放学的铃声一响，他就能听见自己的肚子饿得咕咕叫的声响。

学校离家远，中午时间紧，孙永才经常一路小跑着回家，匆匆吃完饭，就得赶紧往学校走，这样才能按时赶回学校。妈妈每天都会提前从田地里回来做饭。有时饭还没做好，孙永才又急着要走，妈妈会一直追着，将热乎乎的玉米饼或馒头塞给他，让他在路上吃。每次家里有什么好东西、好吃的，妈妈都会留给他。

孙永才的父亲虽然是个农民，但会瓦工等技术活儿，屯里有要建砖房的乡亲请他干活儿，他总是很热心地答应。有时，孙永才会跟着父亲一起去，给父亲搭把手，做帮工。父亲在干活儿的时候很少说话，他身上有一股不服输的劲儿，干什么都要争取做到最好。

许多次，孙永才默默地注视着挥汗如雨的父亲，暗暗地下定决心：一定要成为像父亲一样的人。

呀，火车

"走喽，去看电影了。"一声清脆的喊声，打破了午后乡村的宁静。

原本还在午睡的村子，瞬间像是炸了锅一般。人们三三两两地从自家院门出来，不约而同地拥到老榆树下。

太阳光明晃晃地打在老榆树上，一阵风轻轻吹过，金币般的光斑在树叶婆娑中跳跃着。

这棵老榆树不知是谁种的，从孙永才记事起，它就一直在那儿。大地回暖，积雪消融，光秃秃的树干抽出鹅黄鲜嫩的芽叶，预示着新一年的春天到来了。对于还是孩子的孙永才而言，这代表他又长大了一岁。夏天，翠绿树冠的浓荫像一把大伞，把毒辣辣的日头遮住，这儿成为孩子们最喜欢碰头的地方，小伙伴们在树上蹿上爬下，老榆树成了游戏的道具。每个男孩子几乎都有爬树的经历，他们在攀爬中能够发现自己，认识自己。

"在哪儿看电影啊？"

"唐家屯。"

唐家屯离蒙古屯有七八里地，沿着土路，穿过田野，步行需要一个小时呢！可是对于农家孩子而言，看电影是比过节还要令人开心的事。

老榆树大大的树影下，几个小伙伴已经急着召集看电影的小分队了。

"我去！"

"我也去！"

"还有我！"

"给我二哥占个座！"

不一会儿，欢腾得像小马驹一般的孩子们在老榆树下排起了队。有的孩子急匆匆地催促着："妈，快点儿吧，去晚了坐老后面了，就只能看人家的后脑勺儿了！"

大人们有的开始擦拭自行车，通常是横梁上坐一个小孩，后架上带一个老人；有的人家开始点火烙饼，烤土豆，焖地瓜，令人垂涎欲滴的香气在村庄飘荡。

"别催了，等我烙完这张饼就出门。看完电影，要顶着星星回家了，怕你们几个饿了，带着饼路上吃吧！"妈妈操心的永远是肚子问题。

孙永才和几个小伙伴背着小板凳，来到大榆树下集合。大家一起嘻嘻哈哈地走上通往唐家屯的那条路。

一路上，风掀起的绿色麦浪，如同一块起伏的绸缎。大车呼啸而过，自行车丁零当啷。孙永才嗅着田野的气息，一路踢着路上的小石子，不知不觉地就走到了唐家屯。

到了唐家屯，太阳还没有落山，整个打谷场却挤满了人，周边几个屯能来的人都来了。大家像过年一样，看见熟人就上前打个招呼，寒暄问好。放映电影的师傅背着一个黑匣子，他一出现，打谷场瞬时静了下来。

天识趣地黑了，两名放映电影的师傅打开了

那个神秘的匣子。

"有了,有了!"打谷场的墙壁上挂起的电影幕布上出现了投射的亮光。紧接着,伴随着一声巨大的轰鸣声,幕布上出现了一条黑色长龙。

呜——哐哧哐哧……随着震耳欲聋的声响,一个庞然大物拖着长长的冒着浓烟的尾巴,飞快地转动着车轮,顺着那笔直的轨道奔向远方……

在孙永才被惊得目瞪口呆的时候,银幕上赫然出现五个大字——铁道游击队。

"那是……"孙永才挠挠头,不解地看着爸爸。

"那是火车。"爸爸说。

"火车?呀,火车!"

生平第一次见到火车,孙永才感觉到自己的心在胸腔里怦怦地跳得厉害,这样一个陌生又新鲜的庞然大物,给他带来了无限的遐想。他目不转睛地看着银幕,生怕自己一眨眼睛就错过了精彩镜头。影片中,那些矫健的游击队员身手敏捷,在火车上飞来跳去。伴着火车轰隆的声响,在滚滚浓烟中,那些勇敢的队员完成了一个又一

呀，火车　15

个艰巨的任务……孙永才和小伙伴们一起为英雄们喝彩鼓掌。

夜更黑了，天更凉了，妈妈给孙永才披上了一件外衣，可是他的眼睛一眨不眨地看着电影。"呀，火车！太神奇了！"

电影结束了，打谷场又喧闹起来。有的小孩困得趴在爸爸的肩头睡着了，而孙永才仍然眼睛发亮地盯着前面的墙壁，看着放电影的师傅取下幕布。电影中的一切，他喜爱的火车和英勇的游击队员，全部又回到了那个神秘的匣子里。直到有小伙伴跑来找他，他才跟着大家的脚步恋恋不舍地走上回家的路。

回家的路似乎要比来时的路长了很多。天黑透了，如同锅底，路上没有路灯，小伙伴们紧跟着大人们，一路上都在大声地唱着《铁道游击队》里的歌：

> 西边的太阳快要落山了，
> 微山湖上静悄悄。
> 弹起我心爱的土琵琶，

唱起那动人的歌谣……

而孙永才更喜欢后面几句，每一次唱起，似乎都在经历火车上的惊险：

爬上飞快的火车，
像骑上奔驰的骏马。
车站和铁道线上，
是我们杀敌的好战场……

回到家，躺在炕上，孙永才脑子里全是那隆隆呼啸的火车。他翻来覆去地想：什么时候能见到真的火车？什么时候能坐一坐火车？

伴着这些想法，孙永才进入了梦乡。在梦里，一列火车远远地朝他开了过来……

呀，火车！

快来看,优等生

你知道在二十世纪七十年代初的农村,孩子们是怎么生活和学习的吗?

那时候,农村没有公交车,最方便快捷的代步工具就是自行车。那时候,很多农村也没有电灯,没有电视,更没有网络,晚上照明使用最多的是煤油灯。那时候,农村更不可能有各种补习班,连书籍杂志都格外匮乏。

孙永才就是在这样的环境里成长的。

为了去上学,这里的很多孩子白天要来回走十几里路,往往是天不亮就起床。还在睡梦中的孩子,被爸妈叫起来,怀里揣上两个玉米饼、烤地瓜,昏昏沉沉地就跟小伙伴一起上学去了。有的孩子一路上迷迷糊糊的，等走到学校，天才亮了。春夏秋的日子还好过些，小伙伴们三三两两结伴而行，嘻嘻哈哈地边玩边走，沿途有那么多新奇的风景和好玩的东西——春天，高粱嫩叶郁郁葱葱；夏天，玉米地青翠欲滴；秋天，向日葵金黄一片，稻田晶莹橙黄。

天气转冷后的冬季就不太好过了，尤其是遇上风雪交加的恶劣天气，暴风雪像刀子一样割得脸蛋生疼。路上积雪很厚，冻结成冰，小伙伴们一路滑着冰、踏着雪往学校走；还有的孩子拖着雪爬犁，一路欢呼着跑向学校。

孙永才的妈妈怕他冷，给他做的棉裤特别厚。孙永才个头儿小，冬天总是穿得圆鼓鼓的，两个小圆脸蛋红扑扑的，格外招人喜欢。他个子虽小，却特别聪明，一学就会，一点就通，毫不费力地就成了班上的优等生。

每天放学回家，孙永才会帮着妈妈干点家务活儿，吃完饭就坐在炕上写作业。家里没有电灯，妈妈用一个铁盘子，在里面倒点煤油，加一个线捻子，火柴一划，刺啦一声，线捻子就点着

快来看，优等生

了，一朵美丽的灯花摇曳生姿，在盘中舞蹈，照亮了一方斗室。煤油灯升腾起的缕缕烟雾，将壁柜熏得漆黑。爸爸会把冬天的大炕烧得火热，火墙上还晾着洗干净的衣服和鞋垫，铁皮炉子上烤着土豆、地瓜和馍馍片。孙永才盘腿坐在炕上的桌子前写作业，妈妈在一旁给他做衣服，纳鞋底，一直陪着他写完。一件件衣服、一双双鞋子在妈妈手中像变戏法一样做好了，一针一线，密密麻麻，浸透着母亲的爱。

整个童年和少年时代，孙永才都在如饥似渴地学习着。随着个子越长越高，他常常感到肚子饿得很快。中学离家二十五公里，平时晚上住学校宿舍，周末才回家一趟。他每次回到家，妈妈都会做好一桌好吃的菜等着他，猪肉炖粉条是妈妈的拿手菜，粉条晶莹筋道，香气四溢。还没进家门，孙永才就闻到了久违的香气。

有一次，他竟然一下子吃了八碗饭。妈妈怕把他撑坏了，抢下饭碗，心疼地说："傻孩子，慢点吃，别撑坏了。"

孙永才抹了抹嘴巴，冲着妈妈憨憨地笑笑说：

"妈，你做的饭太好吃了！"

每个周末下午，孙永才要骑自行车返回学校。妈妈总是把大包小包的物品放到自行车的后架上，想把家里最好的东西都给他带上，每次都是一溜儿小跑地把他送出去好几里地。孙永才骑车走了很远，停下来回头看，妈妈还在村口的那棵树下看着他。妈妈对他无限的信赖和爱，让孙永才的心里暖洋洋的。有人说，有妈的孩子是块宝，在妈妈爱的滋养下，孙永才做什么事都充满自信和动力。

一天下午，孙永才骑着车，准备返回学校。不远处的一棵树下，有几个人正在唠嗑儿，其中有一个看到他路过，说："那就是孙永才啊，他是学校里的优等生！"

"呀，是优等生呀！"随着这一声吆喝，呼啦啦地围上来一群人。

"果然模样周正，看起来很懂事呀。"

"这孩子学习这么好，将来了不得！"

"小六子，快来瞧瞧，以后就跟着永才哥好好学习啊！"大家伙儿七嘴八舌地说着，把孙永才围在中间，上下打量着，像看一个英雄人物似的。

孙永才满脸羞涩，脸倏地一下子红到了耳朵根儿。

的确，从小学到中学，孙永才的学习成绩一直是班级里的第一名，从没掉到过第二名，很多同学、老师和家长都非常喜欢他，但他万万没想到自己会因为学习成绩好而成为屯里孩子们的榜样。

孙永才骑上自行车，伴着天边的火烧云，哼起了《铁道游击队》里的那首歌，那首伴着他走向未来的歌，回荡在他家和学校之间的那条求学的路上。

我来讲课

"永才,这道物理题我怎么都算不出来,你能帮我解这道题吗?"物理课代表小明一边摊开演算纸,一边带着恳求的眼神对他说。

"好的,我来试试。"孙永才刚走进教室,放下书包就开始和小明一起演算起来。

他们趴在课桌上,头对头地在稿纸上飞快地列起了算式。

丁零零,丁零零……上课的铃声响过,他们却浑然不知,还在埋头计算。这时,物理老师金老师走了过来:"你俩这么认真,在算什么题呀?"

小明站起来说:"金老师,我遇到难题了,怎么也算不出来这道题。您能帮我们解答下吗？"

金老师接过小明手中的习题，开始在黑板上演算。同学们看着金老师一步步列出的算式，一边频频点头，一边在本子上做着记录。金老师演算结束后，孙永才盯着黑板上的计算结果，提出了质疑："金老师，我和您算的结果不太一样，有两个步骤有些出入。"

高中毕业不久，金老师就来到这所学校教高中的物理课，年轻的他其实还是个"新手"老师。孙永才大胆的举动让他颇为惊讶，但他很快就镇定下来，看着眼前这个个子不高的孩子，说："好，我们再重新演算一遍，检查一下每一个步骤。"

金老师重新在黑板上列出算式，一步步地推导，最终发现自己的解答过程确实出了问题，而全班同学只有孙永才的答案是正确的。

金老师抑制不住内心的激动："学习就应该像孙永才同学这样，勇于思考，敢于质疑老师，这样的学生将来才有大出息，才是未来社会所需要的栋梁之材！"

哗——全班同学禁不住地鼓起掌来,孙永才在大家的掌声中羞红了脸。

这件事之后,金老师宣布以后每天的早自习由孙永才带领大家学习,由他在黑板上出三道题,再由他来讲解。金老师这个举措,让孙永才既高兴,又惶恐,他红着脸对金老师说:"金老师,我……我担心自己讲不好。"

金老师笑着拍拍他的肩膀,说:"永才,相信自己,你一定能行的!"

小明也说:"永才,我们都觉得你行,你就行。"

"对,永才,别推辞了,你经常给我们讲题,讲得可清楚可明白了呢!"周围的同学纷纷附和。

"好吧,我试试。"看着老师和同学们鼓励和期待的眼神,孙永才点头答应了。

晚上,孙永才抱着一摞书,不停地在练习本上写写画画,直到寝室熄灯。早晨,天蒙蒙亮,他就起床洗漱,第一个来到教室,借着晨曦的光亮,在黑板上写好习题。不一会儿,教室里陆陆续续地挤满了学生,大家争着往前坐,摊开练习本,削好铅笔,等着孙永才讲解。

孙永才站在讲台上,声音洪亮。起初,他还有些紧张和局促,感觉自己脸红得发烫,甚至可以听到自己的心脏怦怦作响。渐渐地,随着越讲越投入,他也不再感到紧张。孙永才发现一起来学习的这七八十个同学,大多数都比他年龄大,很多比他高几年级。虽然多数同学的理科基础比较薄弱,但大家都有很高的学习热情。孙永才在讲解习题的时候非常有耐心,不厌其烦,一遍遍地讲解自己的做题方法和解题思路,直到同学们完全会做了为止。

期中考试之后,有个同学高兴地找到他,说:"永才,太感谢你了。原来我的物理、数学考试从来都没有及格过,为这个我可没少挨我爸妈的批评。这学期,我终于考了个80分,不用再听他们唠叨啦,真高兴啊!"

另一个同学拿着试卷兴冲冲地跑来找他:"永才,我按照你的解题方法,发现数学题变得好简单,我终于找到学习的乐趣了。"

还有同学来找他，说："永才，我这道题没算对，你给我讲讲我哪里算错了。"

在孙永才的带领下，班级形成了良好的学习风气，同学们的整体学习成绩也得到了提高。大家纷纷对孙永才竖起了大拇指，老师们更是对他赞赏有加，他连年被评选为优秀班干部。

上了高中的孙永才，好像在一夜间就长了个子，不再是个不起眼的孩子，他黑发如漆，双目有神，脚下生风，奔跑有力，肩膀像爸爸一样宽阔，他长成了一个身形挺拔、健康俊朗的小伙子。当发现自己的喉结变大，声音从过去稚气单薄变得厚重而深沉，仿佛是另一个声音在说话，似乎有个潜在的自己觉醒了，他默默地告诉自己：孙永才，你要努力，要考上大学。

上大学对于身处偏远地区的农村孩子来说，是个想都不敢想的奢望。在那个年代，大学生是"时代骄子"，令人艳羡和仰望，每年能考上大学的人凤毛麟角，而孙永才所在的屯子里还没有出过大学生。

孙永才的心中，一直有一个声音在不断地激

励着他,考大学成为他的人生目标。不过,天性乐观的他并没有因为高考而压力过大,他心想,即使考不上大学,留在农村帮家里干活儿,其实也是很惬意的。

大学录取通知书来了

"永才,永才,你考上大学了!"随着一声欢快的喜报,这个消息像长了翅膀一样,快速地传遍了屯里的每一户人家。

"孙永才考上大学喽!"宁静的村子沸腾了,人们纷纷到孙家来道喜,要知道,屯里从来没有学生考上大学,孙永才可是给屯里争光了呀!

乡亲们纷至沓来,大家用自己特有的方式向孙永才的父母表示祝贺。

张家大婶拎着一筐新鲜鸡蛋,说:"永才他妈,咱屯里出了第一个大学生呀,这点鸡蛋给永才带上,去城里上学要多补点营养。"

"他婶子,家里有鸡蛋,啥也不缺。"孙永才妈妈连忙推辞。

"这鸡蛋就是给永才的,我看着他长大,打小就觉得这个孩子将来会有大出息。不带走,这鸡蛋还可以卖钱,永才进城上学得多带点钱呢!"张家大婶说。

李家大娘也来了,她带着一袋金黄的小米,喜气洋洋地跨进门,高声说:"永才,考上大学了,快让大娘看看你。"

孙永才应声而出,看到李家大娘步履蹒跚地向他走来,赶紧上前搀扶着她坐下。

"好孩子,你为咱们屯争光了。"李家大娘怜爱地摸着他的头说,"看这周正的模样,将来出息了,可不要忘了给咱家乡人造福啊!"

刘家大叔听到这个消息,高兴得合不拢嘴。他兴奋地对孙永才爸爸说:"哎呀,大兄弟,咱们屯出了一个大学生,这么大的事,我杀只鸡,咱们得庆贺庆贺!"说着,他就跳进鸡棚抓鸡去了。

老先生得知这个消息,特地从家里赶过来,他送给孙永才一支英雄牌自来水钢笔,意味深长地说:"永才,考上大学,更要好好学习,要做一个对社会有用的人,需要拿知识作为力量。"

孙永才恭恭敬敬地接过钢笔,用力地点点头。

孙永才爸爸见到老先生,连忙让座,一定要请老先生上座吃饭。

老先生说:"不用了,我就是过来道个喜,屯里出了第一个大学生,高兴啊!"

孙永才略带不好意思地说:"我感觉自己在高考中没考好,总成绩才考了499分。物理和外语考得不是很好,心里老大不高兴呢。原本估算自己应该能考个520分。"

老先生说:"你是咱们屯里第一个大学生,咱们县上也只有少数孩子过了咱们省440分的高考录取分数线哪。你哪个科目考得最好?"

"化学考了99分,数学考了98分。"孙永才说。

老先生笑呵呵地捋捋胡须问:"永才最终选的是哪所学校啊?"

孙永才爸爸说:"老先生,您在屯里是最有学问的人,我们听从您的意见,选了理工科院校和专业，最后填报的是大连铁道学院。"

孙永才想起了当时填报志愿时的情景，家里人看着陌生的学校和专业犯了愁："咱们去找老先生，听听明白人的意见吧。"

"我选了几个学校和专业，您帮忙看看吧。"孙永才说着，拿出高考志愿表。老先生眯着眼睛看着志愿表，说："第一个志愿报的是辽宁财经学院，第二个志愿是大连铁道学院。"

孙永才爸爸说："交通行业是'铁饭碗'，上班戴'大盖帽'，穿制服，别提有多神气了！"

孙永才妈妈连忙打断，说："孩子他爸，这事得听老先生和永才的，你就别瞎掺和了。"

听着爸爸妈妈的对话，孙永才突然想起了自己喜爱的火车，想到自己心里模糊又清晰的梦，于是他坚决地将第一志愿由辽宁财经学院改成了大连铁道学院。

半个月后的一天，穿着绿色制服的邮递员在院门口喊道："孙永才，你的大学录取通知书来了，快来取呀！"

孙永才听到邮递员的声音,喜出望外,心里激动得如同小鹿乱撞!他跑出来,高兴地接过了信封。当看到大学录取通知书上赫然写着"大连铁道学院"几个字时,他不由得咧嘴笑了。

爸爸妈妈高兴得几天都合不拢嘴,忙里忙外地为孙永才准备上学物品。

整个屯里都洋溢着欢乐的气氛。一个屯里能出一个大学生是多么不容易的事情啊,乡亲们都认为这是件特别荣耀的事。在孙永才离开家去上大学之前,总有乡亲把家里的好东西拿出来送到孙永才家。

孙永才临走前,乡亲们还为他饯行。

大婶子说:"永才呀,大婶子给你做了猪肉炖粉条、小鸡炖蘑菇,全是你最爱吃的大炖菜,你可得多吃点儿。"她一边说,一边频频给孙永才夹菜。

"谢谢大婶子……"孙永才感动得都要流眼泪了。

"我这一辈子也没有去过城里,不知道城里人会吃个啥,你出去上学可千万别饿了肚子呀!"

大婶子说。

大伯说：“城里人吃的可和咱们吃的不太一样，他们的盘子太小，菜就装那么一点点，我还真担心你在城里吃不饱呢！”

"放心吧，大伯大婶，我不会让自己饿肚子的。放心吧，爸爸妈妈，我一定会好好读书学习的。"孙永才放下碗筷，站起身对着大家深深地鞠了一躬。

入学的日子到了，孙永才背着行李，同乡亲们一一告别，跟着爸爸和大伯离开了自己生活了十八年的村庄。爸爸和大伯在长春火车站把他送上开往大连的火车。

坐上了绿皮火车

当孙永才和爸爸、大伯走进人山人海的长春火车站的候车厅时,他心中充满了惊讶,第一次从家乡的小屯子来到大城市,第一次见到形形色色的人,长春市车水马龙的街头和火车站的众生百态,给他留下了深刻的印象。

在熙熙攘攘的赶车人群中,孙永才背着书包,大步流星地随着人流往前赶。他看到父亲背着他的行李包急急地往前走,生怕赶不上火车的样子,就执意要自己背行李包。身后背着大包小包的旅客挤得父子俩走都走不稳,父亲频频叮嘱:"永才,小心点儿,别撞到人。"看着父亲额头上晶莹的汗珠,他隐隐地有些心疼。

分别的时候到了,孙永才一步一回头地跟着人流上了火车。"永才!"爸爸朝孙永才挥挥手,虽然接下来什么也没说,可是却胜过千言万语。孙永才隔着窗玻璃看着爸爸,不由得热泪盈眶。

随着一声嘹亮的汽笛声,火车徐徐开动了,将火车站台、爸爸、大伯的身影和家乡从眼前移开,慢慢地驶向远方。

火车发出哐当哐当的巨大声响,田野、村庄、房舍、山川在玻璃窗外一闪而过。孙永才惊喜地看着窗外,着迷地体验着乘坐火车的新鲜感。

"火车呀火车,我真的坐上火车了吗?"这是孙永才第一次坐上梦想中的绿皮火车,从长春开往大连,开往充满期许的未来。

那一年是一九八三年,乘坐绿皮火车从长春到大连需要十四个小时(现在坐高铁只需要三个半小时左右)。孙永才紧紧地握着那张车票,长方形的纸面票证如同一艘小船,载着他驶向梦想中的远方。时隔多年,他还清晰地记得那张车票的票价是十三元七角,学生半价,没有座位。

第一次出远门,正值学生外出求学的高峰期,

坐上了绿皮火车 39

火车上拥挤异常。孙永才没有买到坐票，在拥挤的火车车厢里，只好站在过道上。孙永才抓着随身背着的黄书包不敢撒手，因为里面有家里给他的生活费。妈妈千叮咛万嘱咐，小心翼翼地将多年积攒下的一卷钱用手帕包好。出发前，爸爸叮嘱过："永才，千万要把钱放好了，咱家所有的积蓄都给你带上了，出门一定要小心。"妈妈也放心不下："孩子，穷家富路，在外面一切靠自己做主，千万不要亏待自己，不要让自己饿了肚子。"他接过那一卷沉甸甸的钱，小心翼翼地把它藏在书包的最里层。

车窗外的风景令他心驰神往，田野里绿色、黄色、橙黄色，块块分明，农舍在黄绿交织的树林中若隐若现，农人在田野里忙碌着，成熟的麦穗在金色的阳光下闪着诱人的光泽，遥远的地平线处，那一条天穹与大地相交的线显得神秘而悠长。

孙永才着迷地注视着窗外。他一开始还沉浸在兴奋和喜悦中，可是时间久了，腿和脚都站木了，不得不用两条腿交替着站立。他虽然对火车感到很好奇,却不敢乱走,除了上洗手间,没有到别的地方看过。

车厢内拥挤不堪,到处都是人,有时连厕所里都挤满了人,在狭窄的过道上还堆了很多的行李物品。穿着铁路制服的列车员从车厢的一头艰难地从乘客中穿过。

孙永才注意到这节车厢的人,有的从外表上就能看出是做生意的商人,他们大包小包的货品挤满了行李架,甚至连座位底下都是他们的货品。他们高声说笑着,都很健谈,有的眉眼间带着沧桑,显得很精明;有的说些家乡的事,高兴起来手舞足蹈;有的目光灼灼,用调侃的语调说些民间奇闻怪事。

另一些人明显是学生模样,他们年龄与自己相仿,大多都挎着一个黄书包,书包里鼓鼓囊囊地装满了书,青春的面孔稚气未脱,说起话来也彬彬有礼,不会旁若无人地高谈阔论。

不一会儿,列车员开始挨个儿检查车票。当看到这些学生模样的人拿出介绍信的时候,孙永才才知道原来这些学生是自己的校友。于是,他慢慢地挤过去,站在旁边看他们打牌。在他们休息的间隙,孙永才问一个面容清秀的学生:"你们也是去大连上学的吧?"

"是呀,我们去大连。你呢?也是去上学吧?"

"我去大连铁道学院。"孙永才说。

"真巧,我们也是大连铁道学院的学生,咱们是校友呀!"一个年龄看起来稍大些的学生说。

"呀,太好了,我家是吉林松原的,你们呢?"孙永才兴奋得眼睛发亮。

"我姓刘,我家是哈尔滨的,开学要上大二了。你学什么专业?"一个姓刘的学生说。

"刘学长好,我学的是机械制造工艺及其自动化专业。"孙永才说,"刘学长是学什么专业的?"

"我呀,学的是轨道交通及其自动化设计。"刘学长说。

"学校的这些专业……好学吗?"孙永才犹豫了一下问道。

"我觉得挺好学,当然也有人觉得不好学,主要看个人的兴趣和努力的程度了。"刘学长说。

很快，孙永才就和这些学生都搭上话了。这些学生有的家在齐齐哈尔，有的家在鸡西，有的在哈尔滨；有的是大一新生，有的是高年级的学生。他们都是从始发站哈尔滨上车，在哈尔滨就坐上了座位。几个学生一路结伴，凑在一起聊天看书，说说笑笑。

和这些学生熟络后，他们往里挪了挪，腾出点位置给孙永才。孙永才终于能坐上半个座位，松快松快腿了。

我的大学我做主

十四个小时的火车之旅在不知不觉中过去了。

当火车上的大广播喇叭提示乘客,此次旅行的终点站大连市就要到了时,孙永才激动得心都快跳到嗓子眼了。

火车鸣起一声长笛,巨大的车轮在铁轨上发出欢快的摩擦声,整个旅程即将结束。

这列火车从哈尔滨到大连,穿越东北三省的广袤土地,沿途停靠十几个大大小小的站点,从林地到平原,从内陆到海滨,沿途搭载了许多像他一样怀着不同期待去远方的人,火车让一个个农村的孩子看到了更大的世界。

火车轨道的转弯处,他隔着窗户,看到了另

一条绿色的长龙在奔驰。那一刻,火车轰隆的声响犹如令人迷醉的乐曲,让他百听不厌。他探出头,向远方挥挥手,心中激情澎湃。

下车前,他一边收拾整理着行李,一边想着"火车火车真伟大",那发明制造火车的人真了不起!

火车到站了,停靠在人头攒动的大连火车站。

孙永才终于下车了。他和几个校友随着人流往车站外走,跟着刘学长坐上去学校的公交车。在车上,他一边欣赏着大连美丽繁华的街景,一边憧憬着未来的大学生活,不一会儿就来到了朝思暮想的学校。

学校门口的牌匾上,赫然写着六个遒劲有力的大字"大连铁道学院"。刘学长掩饰不住内心的自豪,说:"这是我国铁道部原部长滕代远在一九六三年一月到学院视察的时候题写的校名。"

他指着旁边一面墙壁上的字说:"这是咱们学校的校训'明德求索,锲而不舍'。每个进校的新生都会有一堂课——认识学校,了解校训和熟悉学校的历史传承,以及你要来大学读书的原因。"

孙永才迫不及待地问:"学长,能给我们好好讲讲吗?"

刘学长说:"周恩来总理在东关模范小学读书的时候,就立下了要'为中华之崛起而读书'的志向。你们能从家乡考上大学,说明每个人都在自己的班级、学校或家乡是优秀学生。而在大学里,你会发现你身边全是这样优秀而又努力的学生,他们对你其实是一种无形的动力和参照。"

孙永才若有所思地点点头,其他几个学生也频频点头。

刘学长继续说道:"你们能考上大学也许是因为你的勤奋和天赋,但可能你们并不真正明白来到大学要干什么。你们要了解校训,理解其中的含义,在《大学》中,德为成人之本。作为一个大学生,首先要懂得成才必先成人,要成为一个'大写的人、舒展的人、博雅的人、睿智的人、和谐发展的人和充满创造精神的人'。"

孙永才感觉自己都听蒙了。的确,刘学长说

的这些是他从来没有接触和思考过的话题，他一字不落地收进耳朵里，对刘学长充满了崇拜之情。

走进学校，高大气派的教学楼在阳光下闪着银色的光芒，校园里到处是欢迎新生的标语和横幅。不远处的运动场上传来铿锵有力的拍击声，男生们正在生龙活虎地打着篮球，挥汗如雨地跑动着，整个校园散发着青春的气息和活力。

孙永才来到新生报到点，将自己的介绍信递过去，热情的学长们为忐忑不安的他做了入学登记，并告诉他："教学楼是那座灰色的大楼，那是上理论课的地方，旁边是实验楼。顺着这条路直走往右转是学生宿舍，往左转是学生食堂，旁边就是运动场和图书馆。你回头办好借阅证，就可以在图书馆借书看了。"

在几个学长的带领下，孙永才来到了宿舍楼，找到了自己的宿舍，宿舍里已经有学生先到，他们正在打扫和整理床铺。

"大家好，我是孙永才。"孙永才一进门就与自己的舍友们打招呼。

"你好，我是郭永利，哈尔滨的。"一个戴眼镜的男生热情地回应着，并帮着他将行李拿进宿舍。

"你好，我是李景天，大连的。"一个高个子的文弱男生向他伸出手。

"你好，我是王大伟，来自辽宁锦州。"一个有着一张圆脸、大眼睛的男生正在上铺整理着被褥，回过头冲着他顽皮一笑。

孙永才发现他的舍友们都非常和善，大家很快就熟络起来。宿舍不大，有四张上下铺、两张书桌、几把椅子。孙永才找了一个靠窗的上铺，擦拭干净后，就将褥子和床单铺上了床。

这时，门外有同学喊道："各位同学，半个小时后到楼下操场集合喽！"

孙永才和舍友们随着哨声一起跑到操场，发现学生们已经整齐地排好了队。他们被编进了新生的队列，开始了大学新生的集训生活。

在一周的军事化训练中，孙永才不断地回味着刚入学时刘学长说过的话，思考着自己上大学的目的。每天在晨训的奔跑中，迎着初升的朝阳，他都为自己打气：要为成为最优秀的自己、成为充满创造力的人而奋斗。

班主任很快在一群新生中注意到这个每天天不亮就起床坚持锻炼身体的学生。孙永才彬彬有礼，做事从容，会主动帮助老师承担一些琐碎的班级工作，会不厌其烦地帮助其他同学。一周集训之后，他就以高票当选了班上的学习委员。

他第一次走进学校图书馆，颇受震撼，竟有那么多的书整整齐齐地码在书架上，很多书闻所未闻，他感到了自己知识储备的贫乏。天蒙蒙亮，孙永才就看到很多学生一边啃着馒头、一边抱着书本的身影。图书馆的大门一开，等候多时的学生就会冲进阅览室，寂静的阅览室里有时只能听到轻轻的翻书声和笔在纸面上书写的沙沙声响。他在一瞬间似乎理解了刘学长说过的一些话。

大学比想象中显得轻松惬意，没有哪位老师像高中老师那样事无巨细地关注他，身边的同学也不像之前的同学那样对他表示崇拜，这些学生很多从小也是数一数二的优等生。在大学，除了上课之外,其他的时间都是属于自己的,是可任意支配的。孙永才在内心认真地对自己说:我的大学我做主!

苦学大补餐

"永才,一起打篮球吧。"同学们一边拍着篮球,一边喊他。

"不去了,上次借的书还没看完呢。"孙永才一边走,一边低头看着手中的小说。

"边走边看书,当心撞到人!"

进了大学,孙永才很快就适应了大学的生活和节奏,为自己设定了学习目标,并做了合理的时间规划和安排,每天坚持跑步锻炼身体,每天去图书馆学习,每天坚持背英语单词,每天学习专业知识。他还加入了学校学生会,每天忙得不亦乐乎。

起初,最让孙永才感到有压力的是他的同学

们，这些同学有些来自城市，有些来自乡村，他们在高中班级中都名列前茅。这些同学身上有着很多令人敬佩的品质，有些同学天不亮就在被窝里打着手电筒开始背英语单词，还有的同学晚上点着蜡烛苦学到一两点。很多同学都有自己的一套学习习惯和方法，他们经常对一道习题的解法反复进行论证，甚至争得面红耳赤。

孙永才所在的宿舍、班级和学生会都定期开展一些读书文娱活动，最让他惭愧的是，自己似乎除了学习课本上的知识之外，几乎没有读过什么课外书，更不要说去外面的世界增长见识了。在一些讨论环节，孙永才发现自己总是插不上话。来自城市的同学很多都见多识广，在公共场合的口头表达能力很强，一开口总能口若悬河，讲得头头是道。

在一场主题为"我最喜欢的一本书"的读书分享会上，孙永才只好坐在角落里，静静地听着同学们的发言。几位同学针对自己读过的有影响力的书表达了各自的观点。

"我最喜欢的一本书是《三国演义》，罗贯中描绘了一幅群雄逐鹿的历史画卷,讲述了天下之势分久必合、合久必分的历史规律。"

"对我影响特别深的一本书是《岳飞传》,岳飞体现的英雄气概正是当下新中国大学生应该具备的优秀品质。"

"苏联作家奥斯特洛夫斯基的《钢铁是怎样炼成的》中的保尔·柯察金是我的偶像,激励年轻人成长,为理想而奋斗。"

同学们列举的中外名著中,除了还没看完的《岳飞传》外,其他的孙永才一本也没看过。他低着头一边在笔记本上飞快地记下这些书的名字,一边暗自下决心:一定要开始恶补这些没看过的书。

孙永才身上总是带着一种不服输的劲儿,任何事情绝不轻易落在人后,也绝不轻言失败。他心想:我又不比别人少胳膊少腿的,别人能做到的,我也一定能做到。他人比我有条件先接触了一些先进文化和知识,我就用后天的努力,全力去追赶,决不让自己掉队。

于是,孙永才的"苦学大补餐"的读书计划

中除了专业理论书籍之外，还有许多中外经典小说，有一些还成为让他手不释卷的常备书籍。图书馆成了他每天必去的地方，他在阅览室长期占据了一个座位，一本书、一支笔、一个笔记本伴着他走过了一个又一个学期。在后期的读书分享活动中，他引经据典，妙语连珠，常常获得同学们的阵阵掌声和喝彩。

在专业课程的学习中，孙永才如同一块吸水海绵，在每一门课程上都投入了比常人更多的时间和精力。在轨道交通工程制图课上，通过老师的讲授和一步步制图示范分解，他了解了制图的基本知识，学习了轨道交通线路工程图及轨道交通车站结构图的制图方法。他在作业本上反复练习，很快就熟练掌握了基础的制图方法。对比自己出行曾经去过的火车站，他谨慎地用针管笔一笔一画地在硫酸纸上画出自己的设想和构思。他将自己的想法通过设计图记录下来，希望自己有朝一日能够在未来规划的蓝图上建起一座现代化的火车站。正是因为他不断刻苦学习，他发现自己的大脑中关于火车的思考更为具体。

经过长期的学习和思考,孙永才发现自己发生了很大变化,他常常问自己:"我为什么要读书?读书的目的仅仅是为了有一份体面的工作,戴大盖帽、穿制服吗?"

"不,我有我的梦想,我要为梦想而努力!"孙永才听到了内心的声音。

坐冬运火车回家

学校要放寒假了，宿舍里大家忙忙碌碌地收拾着自己的行李，打包，装箱，清扫。寒假的时间不太长，但孙永才有自己的计划，他把一本本厚厚的专业工具书塞进箱子里。

"嘿，寒假大家打算怎么过？"一个同学打开了话匣子。

"我要帮我爸妈干活儿呢，春节期间他们是最忙的，要置办各种年货，准备各种食品，蒸馒头、包饺子、炸丸子，我都会。"

"我要回去喂猪，家里养着几十头猪呢。爸爸妈妈年龄大了，都等着我回去呢。"

"我爸给我找了个勤工俭学的单位，我去体验一把上班的滋味。"

"嗯,我得写试验报告,还想把一些没弄懂的知识点再梳理一下。"

"我还有一堆书没有读完,寒假刚好有时间大补了。"

"看来大家的假期都安排得满满当当,咱们来年开春见吧。"

同学们彼此告别,拖着行李,离开了空荡荡的校园,去往火车站。

孙永才和几个小伙伴坐车到了火车站,看见火车站门口排着几条黑压压的长队,缓缓地向前移动着,还有更多的人不断地加入这个长队中。孙永才背着行李,一边耐心地跟着长队前行,一边低头看书。长队已经从检票大厅一直排到了厅外,人们在焦急等待着,不时地四处张望。

元月的大连已经到了一年中非常寒冷的时候,孙永才穿着妈妈给他做的厚棉衣、棉鞋,戴着棉帽子,依然能感觉到凛冽的寒风像小刀子般割着脸颊。天空中飘起了雪花,像撒下了一把把细碎的盐。他一边冻得跺着脚,一边看着前面密集而凌乱的人群,不知道什么时候才能轮到自己,也不知道自己什么时候才能躲进有暖气的候车大厅里歇上一会儿。

半个月前,孙永才和同学小李一大早就握着学生证去买火车票的场景,至今还历历在目。在那个年代,网络购票还没有实现,买火车票只能去火车站的售票窗口。赶上假期票源紧张的时候,买票就会成为一件极为折磨人的事情。天不亮,他们就挤上公交车;下了车,远远地就看到了人来人往、熙熙攘攘的车站。一些人早已站在寒风中排队等待。排队的长龙前不见头,看得让人绝望。售票窗口还没有打开,灰蒙蒙的窗玻璃上映着不知多少期待的眼神。不知道过了多久,人群中才出现了一阵骚动:"来了,来了,开窗喽,开窗喽!"

瞬间,人群像复滚的开水,大家一窝蜂地拥到窗口,你推我搡,争先恐后,翘首企盼。

孙永才和小李排着长队,好不容易从寒冷的户外进入售票厅,一股刺鼻的气味直冲鼻腔。孙永才搓了搓冻红了的脸蛋,惊诧地打量着大厅里的一切。小李取下眼镜,用衣角擦拭着镜片上的雾气。显然,他们都没有想到售票大厅里面到处都挤满了人。孙永才和小李一边跟在人流后面,一边紧紧地攥着手中的证件和钱票,要知道,这些钱对于他们非常重要,那可是父母的辛苦钱、血汗钱,也是能让他们实现坐着火车回家的唯一希望。

"希望能快点轮到我们,也许因为今天是星期天,买票的人特别多。"孙永才说。

他们耐着性子随着人流往前挪着脚步,眼看着就要排到眼前了,售票窗口突然砰的一声关上了,窗玻璃上挂上了写有"午间休息,暂停售票"的牌子。

孙永才和小李面面相觑,已经站得发麻的双脚交替地站着。

"怎么办?咱们如果现在离开,等下午售票员上班的时候,又得重新排队!"小李拧着眉头说。

"咱们不走了,就在原地等着!"孙永才说,大有买不到车票不离开的架势。

终于,他们在饥肠辘辘中等到售票窗口再次打开,等孙永才排到售票窗口,隔着窗玻璃的小窗口,他听到女售票员高亢略带点嘶哑的声音。

"去哪儿?"

"去长春。"孙永才连忙将准备好的钱票和学生证递进小窗口。

"一月二十三号上午十点的,行吗?"

"可以,可以。"孙永才连忙点头。他看见售票员拿出一沓车票,用简易的砸票机将年、月、日一一打印在车票上,然后用胶水在车票背面粘贴了一张小纸片,标上车号、座位号。

孙永才兴奋地拿到了从窗口中递出来的车票,这是一张白色的"硬板票",票面上还印有盲文。他反复摩挲着那张票证,按捺不住欣喜之情:"咱们今天运气真好,没白折腾!听说一个要回云南的同学跑了好几次才买到票呢!"

他们如释重负地握着那张小小的票证,看来看去,似乎看不够一样。

这一枚小小的车票,蕴含着多少期待与牵挂啊!小心翼翼地握着这张票证,孙永才和小李喜滋滋地回到学校时，天已经黑透了。

一声哨响，戴"大盖帽"的工作人员打开了一道铁闸门。孙永才回过神来，赶忙提着行李在慌乱的人流中赶火车，周围的人争先恐后地冲了出去，不顾一切地朝着站台拥去。

呜——远远地听到火车那响亮的汽笛声，这巨大的汽笛声让孙永才格外兴奋，热血和动力似乎重新又回到他疲惫的身体上，他冲着那隆隆的声响奔过去。

嗬，眼前的这列火车如同一条骄傲的巨龙卧在铁轨上，闪着绿油油的光，空气中弥漫着工业机油的气味，这一切让孙永才感觉那么亲切。窄窄的车门前围着一群争先上车的旅客，检票的工作人员在寒风中冻得鼻头发红。先挤上车去的都是青壮年，他们身强力壮，一上车就用力地打开火车的车窗，有的人从敞开的车窗中往上递着行李包裹，还有身子轻巧的直接从车窗爬进了车厢。

孙永才擦了擦头上的汗水，步履惶急地赶路，身上也微微地出汗了。在等待火车发车的时间，他仔细观察着这列火车，十几节车厢组成了一条"巨龙"，他位于中间车厢，看不见头，也看不到尾。这壮观的场景，让他的心里充满了自豪感。他看到在现代化工业机器面前，火车为老百姓带来出行的便利，同时人们似乎也习惯和默认了赶火车的艰难和不易。

这趟列车这一站是始发站，孙永才买到了坐票，好不容易在车厢中坐定。他所在的这节车厢多数都是寒假回家的学生，有跟他同一个学校的，也有外校的学生。在火车上，大家很快围成一团，迅速地熟络起来。

拥挤的车厢有些憋闷，大家说说笑笑，打打牌，却感到很快乐，紧张的赶车体验也被滚滚车轮抛远了。孙永才站起身子，活动着肢体，一边看着窗外闪过的茫茫雪野，一边沉醉在火车哐当哐当的节奏中。他在车厢里四下看看，内心充满了欣喜，虽然车厢里依然拥挤不堪，人声喧嚣，但是对火车的痴迷似乎消解了这一切带来的不适。

孙永才看到一位低头看书的学生正在读一本关于铁路的书,他不由自主地站到了这个学生的身旁。而对方恰好抬起头,同时看到孙永才手中的书,不由得相视一笑。

"你也是铁路轨道交通专业的?"对方问他。

孙永才说:"我是机械制造工艺及其自动化专业的。"

对方大方地伸出手说:"你好,要是没猜错的话,你一定和我一样,对于造火车很感兴趣吧?"

一说起火车,孙永才的话匣子可就关不上了。他兴奋地说着自己的梦想、观点和心得体会,对方也激动又耐心地听着他的诉说。

"咱们现在的火车平均时速大约是35公里,是由内燃机车拖挂车厢的绿皮火车。你有没有发现,火车每一次靠站的时间特别长?这是因为每次到站都靠人工拿大喇叭喊话。"那位同学的话引起了孙永才的共鸣。

"的确,内燃机车虽然马力大,运力强,爬坡劲头足,但是依然有很多不足的地方。"

"一九七八年,邓小平同志访问日本,他参观过日本新日铁、松下、日产汽车等公司,还乘坐新干线列车从东京到京都,在日本亲身体验了'现代化'。他觉得日本的火车又快又干净,就开始思考,为什么日本的火车速度快,更先进呢?这次访问给了他更大的决心,中国一定要搞现代化,要加快发展。"那位同学推了推眼镜,睿智的眼睛闪闪发光。

孙永才迎着那闪烁着光芒的眼睛若有所思地点点头,瞬间有一种责任感和能量涌上心头,他握紧手中的书,与那位同学击掌。

"希望我们能有机会为中国火车助力!"

"抓住机遇,未来可期!"

我的火车梦

明天就要去大连机车厂实习了。同学们听到了这个消息,像炸开锅一样,兴奋不已。

"大连机车厂,这个名字响当当的,它可是中国最早的铁道机车工厂之一呀。"

"这个厂以制造内燃机车为强项,据说是目前咱们国家规模最大、技术最先进的机车工厂。"

"工厂建于一八九九年,现在已经有将近百年历史了,曾经被日本人和苏联人在不同时期接管过,在技术上一直都有领先世界的优势。"

"国内第一台干线蒸汽机车、第一台内燃机车都是从这个厂子诞生的,据说,在祖国大地上奔跑的火车多数都是出自这里呢!"

"了不起呀，这里还曾经是大连工人运动的发源地，中国工人运动的生命力体现在民国时期一百多次的工人大罢工上。"

"真向往，一直想去参观下这个厂，将来要能留在那里工作就好了。"

"想留在那儿工作的人可不少，但他们对工人的要求很高呢！"

孙永才的内心同样充满了向往和憧憬。

走进大连机车厂，孙永才立即被井井有条、干净整洁的厂区吸引了。老师带着他们参观了整个厂区，在博物馆和陈列室了解了企业文化和发展状况。眼前那一件件不同时期的火车的模型，带着时代的烙印和气息，是不同时期劳动人民智慧的结晶。

孙永才被一件火车的模型吸引了，老师讲解道："这是被称为'开路先锋'的'朱德号'蒸汽机车。一九四六年，在'解放全中国'的号召下，前辈们一边修复机车，一边支援前线。在解放战争中，这台'朱德号'机车随军转战各地前线，保障了重大战役中的运输需求，在解放东北的进程中起到了重要作用，立下赫赫战功，它的名字响彻东北各个战场！"听到这儿，大家禁不住热烈地鼓起掌来。

孙永才痴迷地看着眼前的国产机车模型上的"工"字形符号，还有"东风号""先锋号"的字样，怎么看都觉得中国制造别有韵味，心中油然升起民族自豪感。

厂里专门派老师傅给这些学生讲述建厂迄今的珍贵历史，大连机车厂历经百年风雨，在屈辱中诞生，在国家民族生死存亡的艰难时期发展，在新中国的崛起和跨越中成长。

孙永才和同学们听了老师和老师傅的讲解，不禁热血沸腾，肃然起敬。

接下来，他们被几位师傅带着来到生产区域，孙永才感觉如同走进了大观园。每个厂房之间都会有一个一米多宽的通道，设有形状不同、数量巨大、功用不同的出入风口。

在宽敞的车体车间，天车在车间上方来回穿梭。工人们穿着统一的工作服，在车间里忙忙碌碌地工作。

我的火车梦

火车车体就像房子的框架，是火车的骨。长达二十多米的钢筋材料在各种工艺装备上被以不同角度固定后，穿着蓝色的连体衣、戴着防护面具的工人们在进行焊接工艺处理，焊枪下出现了一簇簇强烈而耀眼的火花。

下料，组合，成型……在流水作业的车间里，制造火车的每一道工序都在严密的标准指导之下执行。最难的工序是制造头车车体，这部分主要是由手工组焊完成，工艺复杂，精细到不允许有任何细小的出入。另外，还有打磨、铣削、压紧等辅助装配工艺，看得人眼花缭乱。

进入车体车间，震耳欲聋的是工具打磨的巨大声响，砂轮与铝合金对撞时产生的声音和四射的火花，在听觉和视觉上，构成了火热的劳动场面。在这里，根本无法听到他人的话语，每个人都在全神贯注地做自己手中的活计。

车体完成后，进行的是下一道工序——涂装工艺。和车体车间不同的是，一进入这里就嗅到油漆的味道。老师傅的徒弟正在给车体上泥子，老师傅笑着对他们说："这道工序就是在为火车梳妆打扮，打了泥子之后，就可以喷底漆和面漆了，之后你们就能看到油光闪亮的绿皮火车了。"

孙永才惊喜地看着散发着光彩、神气十足的绿皮火车，儿时梦想的火车居然如此清晰又是这样近距离地呈现在眼前。那一瞬间，孙永才听到内心一个清晰的声音响起：我要造火车！

精忠报国

"莫等闲,白了少年头,空悲切!"

孙永才把岳飞《满江红》中的句子,作为座右铭写在笔记本上,每天都要看一遍激励自己。《岳飞传》是他最爱读的一部小说,一直放在自己的枕边,有空的时候就会拿出来翻一翻。

他如果生在那个时代,一定会如岳飞一般奋勇杀敌,精忠报国。在一次主题演讲比赛中,孙永才慷慨激昂地朗诵《满江红》这首词,并讲述了当下大学生如何做"精忠报国"的计划和设想。当然,孙永才也是这样行动的。

天刚蒙蒙亮,他就已经起床读书了。他的努力和勤奋像一道光,也照亮和影响了其他人。在他的带动下，整个寝室，甚至整个班级形成了一种刻苦学习、互帮互助的良好氛围。

通过对专业课的不断钻研，孙永才对火车的认识更为深入。一本专业书《内燃机车》让他如获至宝，他反复翻看、思考和琢磨。他做了几大本厚厚的笔记，有时会为一个没有理解的知识点，在课下追着老师问，和同学们讨论，在争辩中顿悟。然而，除了书籍的阅读、课堂的学习，想真正对机车的设计技术、工艺技术、制造技术等有进一步全面和深入的了解，进入工厂进行实践就显得尤为重要。

在大连机车厂见习期间，他发现很多理论知识与现实实践脱轨。在学校学的知识多是"纸上谈兵"，到实际运用的时候，他需要花费更多的时间和精力去体验和消化。

孙永才所在的二车间机体工段是整个轨道交通装备中最庞大、结构最复杂、精度要求最高、加工周期最长的重要部件加工核心车间，但孙永才的适应能力很强，很快就和老师傅们打成一片。他虚心向这些前辈请教，将自己学习到的理论知识和具体实践相结合,思考如何解决实际问题。

一天早上,孙永才匆匆忙忙拿着一卷图纸走进车间,那是他前一晚熬夜加班绘制的工艺改进优化方案。当他手中的图纸在桌子上徐徐地展开时,工程师和技术人员开始对这个还未毕业的学生刮目相看。

孙永才设计的是柴油机机体加工工序的优化,他激情洋溢又不失稳重地讲述了自己的想法。

"来到车间,我发现的第一个问题是柴油机机体加工工序太复杂,加工周期有两个多月之久,这其中的工序烦琐又重复,经常导致难以按时完成生产任务。"孙永才看到众人期待的眼神,继续说道,"根据现场的研究和试验,我做了优化设计的方案,将原本的五十一道工序优化成四十六道工序,这样可以大大缩短加工周期,提高生产效率。"

整整一个上午,大家围绕孙永才的设计方案进行了可行性的论证,最终达成一致意见,参照孙永才的想法实行工艺优化改进。

中华先锋人物故事汇　孙永才

柴油机机体加工的优化工艺实施后，得到了大家的好评。那段时间，孙永才走起路来都感觉特别有劲，有时他一出现，就有人说："你看，就是那个年轻的学生，居然解决了多年柴油机机体加工存在的问题，真是后生可畏呀！"

通过这项优化工艺的实践，孙永才更加有信心了。他观察入微，时刻思考着如何创新。当他转变思路，从产品本身出发去研究产品时，他发现需要改进和优化的地方很多。比如，柴油机的端面加工有十二个孔，没有螺纹口，他认为这样的设计不合理。后来，经过大量的观察实践，他与车间师傅和设计部门一起研究，最终把这无意义的十二个孔取消，同时把孔的焊接板流程取消，这样既节约材料，节省工时，又减轻了柴油机机体的重量。

存在多年的问题被一个还没毕业的大学生解决了，周围有的人表示不服，认为是这个学生运气好，碰巧赶上了好的机遇。然而，谦和乐观的孙永才对此并不介意，依然保持着自己的常态和本色。不过，同他一起工作过的人对他评价很高，颇为赞赏。

"永才这个学生专业技术过硬，解决问题能力较强，他具有创新意识，善于去发现问题、改进问题和解决问题，还具有大局意识，以后能做大事。"一个老师傅如是说。

"永才这孩子，我看好他，踏实勤奋，肯吃苦，能钻研。不用说，将来是个人才，很有潜力。"另一个工人师傅提起他时竖起了大拇指。

老师傅们的肯定，让孙永才更加勤勉。他每天埋头在车间里，和工人师傅们形影不离。老师傅们也认可他执着好学的态度，认真地带他，像这样一个有想法、敢于创新且有理有节的年轻人并不多见。孙永才和他们结下了深厚的感情。

两次成功的工艺优化改进，让孙永才有了底气和经验。他更加坚定了在工作中以解决现场问题为导向的原则，以解决现场的实际问题作为驱动力，去解决问题，实现价值。

在工作中，孙永才很快又发现了新的问题：在加工柴油机时，经常会出现柴油机机体瓦口精度满足不了精度要求的情况。这到底是什么问题造成的呢？是机床还是工艺问题？孙永才在现场和工人师傅们一起研究、探讨，最后发现图纸设计中设计基准和工艺基准不重合，如果两个基准不重合，就会造成误差。他反复琢磨如何改进工艺，走路在想，吃饭在想，不停地画下一个又一个解决方案的草图和设计稿，再与工人师傅们一一讨论验证，最终完成了设计基准和工艺基准吻合的设计方案，这不但保证了柴油机机体瓦口的精度，同时也减少了返修的时间。

年轻的孙永才初出茅庐就在工作中显示出了不凡的创造力，这种多年遗存的工艺技术和生产流程得到成功的改良，其积极意义是双向的。孙永才通过见习实践深深地意识到，对于企业而言，优化工艺、节约成本、提高效率永远都是第一位的。对于个人而言，能赶上好机遇就要牢牢抓住，机不可失。能投身到自己喜爱的事业，并为之做出贡献，让他体会到了个人价值所在，找到了人生努力的方向。

孙永才似乎隐隐地再次看到，在岳飞的后背上，岳母精心刺上去的那四个字"精忠报国"。

那些字反复地出现在眼前，深深地烙进他的灵魂中，激励着他。

一九八七年的上半年，对于孙永才而言，是终生难忘的一段时光。

在掌声雷动的表彰会上，孙永才激动地接过实习单位给他颁发的"优秀见习生"证书。他心里甜滋滋的，脸上挂着一贯的谦和笑容，面向着众多指导过和帮助过他的师傅和前辈，深深地鞠了一躬，深情地说："这段见习时光对我帮助很大，从为铁路奉献的前辈们身上，我学到了很多，感谢你们对我的指导和帮助！"

在这批即将毕业的见习生回到学校准备毕业典礼之际，又传来一个消息。

"永才，好消息，你要成为大连机车厂的正式职工了，半个月后去报到。"

"哇，永才，你的运气真好，进入大连机车厂工作，那可是个真正的'铁饭碗'呀！"同学羡慕地看着他。

孙永才得知后，激动得差点跳起来。此时，

他真想第一时间就把这个好消息告诉爸爸妈妈，他们如果知道自己一毕业就有工作，并且还是去大连机车厂这样的鼎鼎有名的工作单位，真不知道会高兴成什么样子！

孙永才坐在书桌前，轻轻地抚摩着《岳飞传》上"精忠报国"几个字，内心激荡澎湃。

给父母的一封信——农家孩子造火车

亲爱的爸爸妈妈：

你们好吗？原本计划毕业之后就回家，而我的生活中接二连三地发生了几件重要的人生大事，必须与您二老分享。

至今，我还记得小时候，咱家的一封来信都要去找识字老先生念的情景，如今弟弟妹妹都识文断字，他们会给您二老念念我的信。这一刻，我仿佛突然就看到了自家的小屋一样，暖暖烘烘的炕，一家人盘腿坐在那儿，弟弟大声地念着我的信，全家人都乐呵呵的，铁皮炉子的火光映亮了每一个人的笑脸，炉子上一定还烤着我熟悉的地瓜、馍馍片或者洋芋干吧？隔着这么远，我似乎闻到了那让人迷恋沉醉的香味,好怀念妈妈做的小鸡炖蘑菇啊!

转眼间,小半年过去了,院子里那棵苹果树又结出了密密匝匝、又红又甜的果子吧?弟弟妹妹,你们是不是又长高了一些呢?你们的学习要加紧,无论怎样,希望你们记住,一定要好好读书,用知识去改变命运。凡事靠自己,自己的路靠自己走!

爸爸妈妈,转眼间,您的儿子已经从一个依恋家庭的孩子长成了一个独立的大人了。早在半年前,我就有一种隐隐的预感,我的人生里似乎奔腾着一列火车,这列火车不停地召唤着我,让我朝着它的方向走去,它正马不停蹄地向我驶来。现在,它来了,那就是机遇。

我和同学们一起来到大连机车厂见习,在工厂实习期间,见识了火车制造的过程。那种感觉很神奇,过去在我看来完全是遥不可及的事,竟然这么近距离地呈现在我眼前。我还是那个拘谨的农家孩子,可是在学习和掌握知识的同时,我已经给自己积攒了一定的底气和实力,面对自己喜欢的事业，去选择自己的人生。

最让我感到自豪的是我还被评为"优秀见习生"，一起去实习的六十二名学生中仅有两名入选，我就是其中的一个。在见习的那段时光，我感到很充实，每天都和老师傅们在一起，在他们的启发引导下，我有了自己的思路，提出很多技改项目和建议并得到实施。我还针对全面质量管理写了学术论文，获得全国优秀奖，成为第一批青年科技工作者，还获得了奖金呢！我这就一分不差地寄给你们。我在工作中体验到了最大的乐趣和价值认同感，蓦然感觉自己心里的那列火车被激活了，似乎那列生命列车已经为我启动。

爸爸妈妈，我已经踏上了自己喜欢的火车，走入自己可以为之奋斗一生的事业——做一个铁路人。我从小就听你们说，铁路人的职业好，戴"大盖帽"，神气，考学的时候就选择了铁道部的学院。刚上大学的时候，我并不知道将来工作会怎么分配。但出于对火车的喜爱，我在学习上非常努力，拼力读书武装自己，在班级里学习成绩是最好的，还申请了入党，又作为"优秀毕业生"得到了全校的表彰。

在大连机车厂见习的时候，我就萌生了想在这儿工作的念头，因为这是我认定的最好的工作单位，有"机车摇篮"之称，有规范的技术装备，有先进的工艺理念，有核心的设计研发团队，有良好的职业氛围。如果以后能在这里工作，离我要造火车的愿望就更近了一步。

爸爸妈妈，也许你们会觉得一个农家孩子想去造火车是痴心妄想。但是你们要知道，当我小时候第一次看到火车时，我就梦想有一天能坐上火车；当我有一天坐上火车的时候，我就梦想着有一天自己可以天天坐火车；当我经常坐火车的时候，我就想我是不是可以制造一列中国人的火车——更快、更干净、更舒适、更安全的火车。我想用自己的努力和你们交给我的那份执着与勤奋去试试，看看一个农家孩子是不是可以去造火车，是不是可以实现自己的梦想！学校四年专业系统的学习，让我打开了视野，拓宽了思路，明确了方向，更为清晰地看到了自己的梦想，同时也找到了实现梦想的方法和路径。

英国人瓦特先生在成功改良蒸汽机之前,不也同样是一个名不见经传的普通人吗?他通过自己一次次的努力和实践,最终获得成功。功夫不负有心人即是如此。瓦特一直是我学习的榜样。

我从不断学习中,已经清晰地懂得当下的我们正站在巨人的肩膀上,巨人们已经通过实践和努力解决了人类生存和发展的很多基础问题,人类社会的发展还会面临更多的机遇和挑战。趁着年轻有精力,我要多把时间用在工作、科研上,多做对社会有益的事。

爸爸妈妈,我要告诉你们的第二个好消息是,我还没有拿到毕业证书,就如愿地收到分配到铁道部大连机车厂工作的通知书了。手里握着这张通知书,就如同当初拿到大学录取通知书一样,我的内心激动不已。虽然我优异的成绩和良好的表现在外人看来归功于勤奋和努力,但是只有我心里最清楚,这种做任何事情都追求完美、精益求精的态度,做事从不马虎大意、认真负责的品性,实则是从您二老那儿学到的。从小,你们就用行动来教育我,我还清晰地记得小时候爸爸带我外出劳动，干活儿时踏踏实实、兢兢业业的每一幕，是你们将最朴素的劳动本色基因传递给了我。爸爸妈妈，我要感谢你们！

亲爱的爸爸妈妈、弟弟妹妹，你们一定会为我感到高兴吧？我甚至可以想象得出爸爸笑得眼睛眯缝成一条缝的样子，他一高兴，嘴巴就会暴露他的心情，那嘴巴笑得整天都合不拢。我还可以想象得出妈妈一定会高兴得掉眼泪，她头上的白发是不是又多添了几根，脸上的皱纹是不是又多出了几道？妈妈，在儿子眼里，您永远都是最美最伟大的妈妈。

我希望爸爸妈妈有一天能够坐上儿子亲手设计的火车。爸爸妈妈，我会为这个目标不断努力。请你们也为我加油助力，你们的鼓励是我最大的人生动力！

天气转凉了，爸爸妈妈，你们要注意身体。春节放假我一定回家给您二老拜年！

秋安。

你们的儿子
永才

清早上火车站,
长街黑暗无行人,
卖豆浆的小店冒着热气……
从前的日色变得慢,
车,马,邮件都慢……

——节选自木心的《从前慢》

呜——一列火车缓缓驶来,由远及近,从旷野中驶过,如同一条横卧在大地上的长龙。一首过去的诗为我们描绘了一幅旧时画面,那种缓慢却深沉的生命经历,如同那列绿皮火车一样承载着一代人的青春、梦想甚至命运。如果把人生比作一趟单程列车，孙永才认为自己是兴致勃勃地踏上这列生命火车，在一步步尽心地实现着自己的梦想。

呜——每天早上都有一声清脆的火车汽笛声唤醒孙永才。第一抹朝霞还未燃起，孙永才就已经早早地骑着自行车走在上班的路上了。八点上班，他总是习惯六点半就到达车间工段。

"永才，你怎么来得这么早啊？"一个洪亮的声音让孙永才回头望去，原来车间里已经有人开始为工作做准备了。

"王师傅，早上好呀！"孙永才看到头发灰白的王师傅，赶紧上前从他手中接过工具箱，"王师傅，以后这些基本的准备工作都交给我来做吧。"

"我已经习惯每天早上六点钟到车间，一晃都快三十年喽！"王师傅一边说，一边擦拭着机床，"要做的事情太多，一天看不到它们，心里都觉得空落落的。"

"王师傅，您为什么会三十年如一日地在车间去做这些基本的事呢？"孙永才好奇地问。

"那是因为喜欢火车呀，做一个铁路技术工人感到特别自豪和光荣。咱们车间的工作是机车核心技术的关键所在,涉及面广,如果我们这儿做得不到位,就会影响整个机车的运行情况。"王师傅的话让孙永才由衷地敬佩,于是他坚决地接过王师傅手中的活计,按照王师傅的要求和标准开始做开工前的准备工作。

在工作中,孙永才发现车间里的毛师傅有个奇怪的习惯——毛师傅总是闭着眼睛干活儿。他好奇地问道:"毛师傅,您怎么闭着眼睛干活儿呢?是不是眼睛不舒服?"

"不是,我习惯用耳朵去感受。听声音,我就能知道产品的情况,包括刀具的问题和加工的状态。"毛师傅睁开眼睛,笑眯眯地说。

"这么神哪!"孙永才瞪大了眼睛。

"我闭着眼睛就可以告诉你,现在哪台机器运转正常,哪台有问题……"毛师傅闭着眼睛娓娓道来。现场的情况他说得有理有据,这让孙永才不由得心生佩服。

"咱们这个工段神人多着哩,可谓'藏龙卧虎'!"有人告诉孙永才。

"还有哪些厉害人物?"

"你看,这老师傅拿手一卡就知道误差多少,一道①一卡钳,他还可以用手测量平面度,用手一摸就知道尺寸,用卡钳一比就知道是几道。"孙永才顺着他的手指看过去,果然,用尺子一量,和手卡的数据基本无误差。

"这位老师傅满头白发,慈眉善目,专业水平如此之强,令人叹服。"

"他出生在三十年代,在厂里干了半辈子了,技术水平很高,快要退休了。你赶上了好时机,厂里对新来的大学生特别重视,所以你要抓紧时间、逮住机会向这些技术高超、有绝活的老师傅学习请教。"

孙永才用力地点点头:"铁道部其他加工车间都没有加工中心的时候,咱们工段就率先成立了加工中心,这些老师傅见多识广,既有丰富的经验,又有创新的能力,的确值得我们这些晚辈学习。"

---

① 即0.01毫米,"一道"为机械工人对0.01毫米的俗称,多见于北方地区。

"哎，永才，你的鞋怎么了？"同事盯着他的鞋。

"哎哟，这鞋又弄脏了，每天在工段现场走来走去，特别费鞋。隔几天就得去买鞋，新鞋穿几天就废了。"孙永才笑嘻嘻地说。

其他的同事也对孙永才赞不绝口。

"永才这个刚来的大学生可不一般，他能吃苦，每天跟老师傅摸爬滚打的，经常和老师傅讨论现场问题，比一些工作好几年的人都有见地。"

"前两任的工段长都是技术组的技术员，他们下基层，在工段基层得到了锻炼，为日后的技术研发提供了有力的依据和丰富的经验支撑。"

"在现场可以得到一手的资料和数据，充分掌握生产的核心环节，还能充分了解现场工人的需求。"

进入大连机车厂，孙永才从一个学生干部成长为大型工厂的一名技术管理人员。厂里要求技术人员在入厂第二年和第三年做到技调合一，即技术和管理两者合一，锻炼自己扎实的业务能力。于是，他在基层工段当了一名工段长，在机车厂技术装备最好、加工零件最复杂、技术要求精度最高的车间工作。

这个工段当时有一百零七个人，刚工作不久的大学生来当工段长的并不多。孙永才知道这个工段的师傅们虽然年龄偏大，但技术水平比较高，理论知识也过硬，所以大家总是可以看见孙永才和他的工人师傅们在一起。孙永才和老师傅、同事们相处得很愉快，大家都很看好这个有想法、有能力的年轻人。

然而，孙永才起初在作为工段长在基层解决技术问题的时候，一些人多少存在着瞧不起或质疑的心态："初出茅庐的小子，不知深浅，看他折腾吧！"

听到这些，孙永才并不在意，依然坚持用自己的方法和态度处理工作，坚持优化工艺，改进技术，提高工作效率，解决现场问题。

一次现场加工时出现了误差，机体总长与要求的全长同轴度为0.05毫米，相邻同轴度为0.03毫米。针对这个误差怎么纠正，大家展开了热烈的讨论。

孙永才和几个老师傅分别提出了不同的方案。哪种方案最佳？大家为此发生了争论。最后，孙永才用大量理论和实践数据说服了大家。师傅们虽然明白了原理，嘴上却说："好吧，我们姑且听小段长的吧。"

事实证明，孙永才的方案是正确的，从此他也认识到，自己一定要有过硬的理论知识，同时也要具备丰富的实践经验，这样才能成为拥有更强说服力的大拿。

在车间当工段长，孙永才干了整整四年，他和工人们打成一片，在基层解决了很多现场问题。扎实的理论基础和敢于创新的精神，再加上实践的历练，让孙永才很快赢得了老师傅们的普遍认可，赢得了工人们的信任，大家对他交口称赞。

在分配到厂里工作的大学生中，表现突出的孙永才最早被提拔为中层干部。他像父亲那样任劳任怨，踏实肯干，同时像母亲一样常怀感恩：组织上信任咱，咱就好好干，只要在这个岗位上干一天，就一定要把岗位上的事尽自己最大能力做好。

呜——他再次听到了生命中那惊心动魄的火车鸣笛。

向行业最美者学习

在孙永才刚工作的时候,前辈们在业务方面给予了他很多的指导,同时他们身上甘于奉献、敢于接受挑战的敬业精神深深地影响着他。其中,有两位的事迹给他留下了极为深刻的印象,一位背着孩子上工地,一位堪称"洋机神医"。

雪纷纷扬扬地下个不停,把大地装扮成一个银装素裹的世界。寒风夹杂着雪片,从四面八方包抄而来,打在脸上冰冷而生疼。这天原本是个周末,可是整个车间的设计研发及相关部门人员都在一线紧张的工作中,挖地基、设备的安装调试,每一个基础步骤都需要设计研发人员在现场监督协调，以应对可能的突发问题。

通往工厂的雪地上留下一串串脚印，孙永才惊讶地看到风雪中出现了一个背着孩子的身影："这是谁呢？一大早背着孩子上工地，这儿可不是什么游乐场所，是机器轰鸣、嘈杂的工地现场！"

孙永才走近一看，发现竟然是厂里设计研发团队的副总工程师马红英。

"马总，您怎么今天还来工地？带着孩子来这儿可不方便哪！"

马红英气喘吁吁地说："昨天来现场发现机床还有些问题解决得不够好，放心不下，再来看看情况。"由于下雪路滑，她每走一步都要格外小心，生怕自己滑倒，因为背上还背着一个未睡醒的孩子。

孙永才看到马总冻得满脸通红，赶忙接过她手中的一包图纸："马总，先到工作间暖和暖和，这大雪天的，您怎么还背着孩子上工地呢？"说着，孙永才为她挑开工地现场工作间的棉门帘。工作间是临时的，非常简陋，但有一个用来取暖的铁皮炉子，在现场工作的工程技术人员都会来到这里办公。

"孩子她爸出差了,奶奶也生病了,家里只剩下这个小不点儿,把她一个人放在家里我又不放心,所以下工地就把她也带来了。"马红英一边说,一边解着肩上的绑带。孙永才帮着她把背上的孩子放到了铁皮炉子旁的行军床上,他看见那个穿着厚厚的棉衣棉裤的小孩小脸通红,她趴在妈妈的背上走了一路竟然没有醒过来。孙永才给这个三岁的小女孩盖上一件军大衣,看着额头上冒着汗水的马红英,心里充满了敬意。

"马总,您有什么事尽管跟我说,现场机床上的问题是个小故障,您昨天提出来之后,我已经都解决了,今天也做了试验,目前还没有出现什么异常。"孙永才轻声说,生怕吵到睡梦中的孩子。

"永才的责任心很强,"马总欣赏性地点点头,"要知道,责任心对一个设计规划者是非常重要的。在现场经过实践的检验,既可以获得数据和案例,积累丰富经验,又能优化产品结构,节约成本。"

也许是因为孩子感觉到了周围环境有点陌生,

也许是因为离开了妈妈温暖的后背，不一会儿，她就睁开了眼睛，黑亮的眼睛好奇地打量着这一切，四处寻找着妈妈："妈妈，妈妈……"

听到孩子的呼唤声，正和孙永才、几个老师傅讨论方案的马总不得不暂时离开。她抱起那个娇柔的孩子，一边亲着她的小脸蛋，一边说："妞妞，乖，妈妈正在工作呢，妞妞自己玩啊！"

孩子懂事地应声道："妈妈，你忙完工作就给我做好吃的，还要给我讲故事。"

马总是设计研发部门为数不多的女性，孙永才看着她略显憔悴的面容，被她的敬业和执着的精神所感染。孙永才几乎每个周末都要来现场看看，其间总能看见她的身影——她穿梭在各个钢结构制造车间现场，和男同志一样在几米高的钢结构上研究查看；她带领一批年轻人半夜在生产一线加班抢进度；她在车床底下钻来钻去，全然不顾脸上的脏污……

孙永才认为，这样的前辈是当之无愧的行业最美者。

在孙永才的记忆里，还有一个特别的人令他折服。他还清晰地记得那个身高一米九的汉子，身着油迹斑斑的工作服蹲在机床旁排查故障的专注模样。

当年厂里从德国引进了一台激光淬火机床，然而在调试过程中却出现了故障，两位德国专家用了几天时间都没有排除故障。

这时，有一名工人站出来说："能不能让我试试看？"

两个外国专家眼睛里显现出一丝怀疑，看到眼前这个工人胸有成竹的样子，又不好当面回绝，他们同意让他下班后再试。当其他人都离开车间之后，这个工人蹲在机床前开始了排查。

工厂里一些关注事态发展的人留在车间，他们都为这个工人捏着一把汗。这个工人叫培松，是位原本仅有初中文化的转业军人，但他身上有着一股不服输的劲儿。他用了近十年时间，自学攻读工业自动化专业，并拿下大专文凭。虽然他能力强，敢于挑战新事物，可是大家仍然对他这次的举动表示怀疑。

"歇歇吧,培松,即使修不好这洋机器,咱也不丢人。他们造的机器他们自己都搞不定呢!"

"外国人又不比我们多一根手指,多长一个脑子,凭什么他们能造的机器,咱们造不了?凭什么他们能修的机器,咱们修不了?"

"你说得在理。厂里这几年从国外引进的先进的数控设备越来越多。这设备一多,维修的活儿也越来越多,而每次请外国专家的费用又太高,有时也并不能解决问题,还造成了很大的浪费,要是咱们自己有技术过硬的专业维修人才就太好了。"

"同行是冤家。每次外国专家到了现场,都很谨慎,在工作时图纸不让我们看,更不让我们靠前观摩。不过,我总在远远地'偷艺',不管懂不懂,我都会把专家们的操作方法通通记在脑子里,晚上下班后写下来,在现场反复揣摩。慢慢地,我也找到了一些解决问题的思路和方法,所以这次我想要试一试。"

大家都知道培松的父亲是八级工匠,曾被评为省级劳模,父亲是培松最敬仰的人。在他进厂工作的时候,父亲的一句话如醍醐灌顶:"你进厂当工人,就要当个好工人,要多学习,做什么事情不能只满足于一知半解。"培松从此立志要干出个样儿来,他说:"比我先进工厂的,我要争取在短时间内超过他们;比我后进工厂的,我要争取不让他们超过我!"培松这样说,也这样做到了。

一个小时过去了,又一个小时过去了,很多观摩者熬不下去了,纷纷离开了车间。孙永才却一直蹲在他身边,关注着他的每一个步骤,并不时地和他交流和讨论。

第二天一早,外国专家来到现场,发现机床故障竟然已经排除并良好修复。他们惊讶地看着这个一夜未合眼的工人,竖起大拇指,连连称赞中国工人了不起。

这件事让培松成为大家心中的"洋机神医",很多人慕名而来,拜师学艺。孙永才也很欣赏他执着的态度和锲而不舍的钻研精神。

有一次,他跟培松聊天时说:"听说很多企业用高薪请你,一个月的薪水比你在这儿蹲在机床前一年挣的都多呢！"

培松擦了擦手上的机油，说："我不能翅膀刚硬就往别的地方飞，从进厂那天起，我的飞行轨迹就设定了，这里就是我终身学习奋斗的家园。"

孙永才认为自己很幸运，在年轻的时候就遇到本行业中的最美奋斗者，并从他们身上学习到了终生受用的品格气度和职业精神。

牵着火车"走出去"

在大连机车厂工作期间,孙永才凭着执着与创新的精神,熟悉了机车工艺的每个流程及核心所在,领导和推进了多项工艺优化改造,成长为工厂的高层管理人员。他主持的具有"中国基因"的大功率交流传动内燃机车和大功率交流传动电力机车两大技术平台先后落成。之后,孙永才带着团队再接再厉,主持的重点项目"六轴7200kW大功率交流传动电力机车的研发及应用"获国家科学技术进步奖一等奖。由于具有实用性高、功能完善、安全可靠、节能环保、维护量少的特点,六轴7200kW大功率交流传动电力机车成为铁路货运的主力机型,后来也成为世界上单品种应用数量最多的交流传动电力机车。

面对成绩，孙永才并没有沾沾自喜，他的目光投向了更远的地方。

二〇〇四年，为了使高速铁路的发展适应中国经济快速发展的需要，国家曾确立了"引进先进技术，联合设计生产，打造中国品牌"的总要求。然而，技术引进远非简单的"拿来就用"。

在孙永才的办公室，有一个黑色的皮箱，那里面备有一些外出常用物品，如洗漱用品、换洗衣物、茶叶和常用药品等。无论要去哪里，笔记本、电脑和书都是他出差旅行中的必备物品。

孙永才已经记不清楚在这十几年间，自己究竟外出了多少趟，去过多少地方，见过多少与火车相关的人和事。

为了考察一列从外国租赁来的交流传动高速列车的运行情况，孙永才五次带领科研人员到现场进行研究，此车是委托国外高铁技术公司开发的产品。那时正值夏季，他们冒着酷暑，在温度高达四五十摄氏度的机车主机房里讨论和研究，一待就是数小时。

几个工作人员看到无法排除的故障,直摇头:"唉,这个不中不西的机器又出故障了。"

"外方不会教你设计方法,只教你读图。他们只告诉你是什么,但不会告诉你为什么。"

"重大基础装备及其核心技术,一直是西方严密封锁的重要内容。"

"洋设备、洋机器虽然先进,但一旦机器出了故障,就只能等着外国专家救火,周期长,成本大,耽误事。"

听着大家的话,孙永才心里也掀起了狂澜:中国铁路在线路条件、环境运营模式上有着独特的国情和路情特点,照搬国外现成技术根本行不通。外方曾经预言中国的设计团队对引进技术的消化吸收至少需要十六年,即八年消化,八年吸收。但现在看来,可以买得来技术,但买不来技术创新能力。

打造民族品牌,振兴民族工业,助力中国制造。中国高铁,你别无选择!

作为一个中国高铁人,你别无选择!孙永才捏紧了拳头。

当孙永才从北车集团来到"高速列车制造基地"中车集团，从大连到北京，以北京为圆心，他的人生半径随即拓宽至世界范围。他要带领着祖国的火车，引进国际先进的技术，学习和吸收后再走出去，让世界重新认识中国动车。

凌晨的北京，天黑漆漆的，孙永才拎着皮箱匆匆地赶往首都国际机场，他和同事们要去法兰克福与世界最先进的高铁技术公司洽谈技术方案。在候机室里，几个业务骨干继续着他们的讨论，对他们而言，不过就是换了一个地点工作。

雾霭沉沉，一架飞机从大洋上空的云雾中穿行而来，如同一只大鸟徐徐降落在首都国际机场。眼睛布满红血丝的孙永才一夜未眠，他率队"走出去"，与国际先进技术领域的专家会面交流。

走出国门后，他发现了中国机车明显的差距和不足，同时也敏感地意识到了希望和机遇。于是，刚登上回国飞机的他就在客舱的小桌板上，连续修改、制定了一个又一个的设想和方案，直到飞机落地。

在伊斯兰堡，孙永才带着团队拿到了一笔国际铁路订单。在机场等候回国航班的间隙，孙永才有所感触地和业务骨干们开了一个短会。

"这次到巴基斯坦，我们在与其他国际先进高铁技术公司的竞争中凭借实力争取到了项目，但仍然有许多地方需要大家注意，分析总结一下问题。"

"机车产品是一个庞大的系统工程，涉及的环节太多，而我们的基础产品，比如电器产品的故障率其实很高，影响了竞争力。"销售主管率先开口。

"产品在设计方面存在的差距是显而易见的，暴露了技术人员视野的局限性和思维的僵化，尤其是在创新管理方面有待完善，流程急需优化。"产品设计师说。

大家纷纷拿出自己的建议和想法，由于太过投入，险些错过航班。

下了飞机，大家坐上返回公司的车，没有人中途请假。北京总部的中车大厦会议室会集了行业专家、技术人员，正等着他们归来讨论具体的解决办法。

在总部国际交流大厅，大家紧锣密鼓地筹备着法国高铁专家团队的来访调研。

一辆黑色轿车停在楼下，从车上下来三位风尘仆仆的客人。此行来访的法国专家能力非常全面，每位专家对行业的精通以及对商务知识的娴熟运用，着实令人惊讶和叹服。他们幽默、从容的谈吐恰到好处，处变不惊、游刃有余的谈判风格体现了良好的团队合作精神。同时，孙永才发现，法国专家非常注重细节，在着装、礼仪方面的讲究体现了良好的素质和教养。

为了克服技术的瓶颈，拓宽技术人员的视野和思路，从二〇〇三年引进技术时开始，孙永才与世界行业顶尖的知名企业相继进行过交流和合作。通过交流和合作，他找准了世界级的产品技术最高端在哪儿，行业技术发展趋势是什么。他发现，最初"走出去"的时候，中方团队会带很多类别的专家，多数只是专业精通，但知识面较为狭窄。这次与法国专家交流后，孙永才强烈地意识到，一定要加快培养复合型的人才，尤其要加快人才在技术、法律、谈判、经营、协作等方面的综合学习，做到以一当十。事后，孙永才针对"走出去"项目，完善了关于技术创新、人才培养等一系列战略计划。

"快来，赶紧去听商务谈判课。"几个工作人员匆匆忙忙地走进培训教室。

"我正在练英语口语呢。"单位专门聘请了一流的外语培训师。

"法律课收获满满，这些课程内容都是我过去很少接触到的，恰好弥补了我的短板。"一位工程师记了满满当当一本课堂笔记。

孙永才认为，对于一个有生命力的企业而言，培养精英式的复合型人才是关键。想要牵着火车"走出去"，需要更多、更强的优质人才作为主力军。

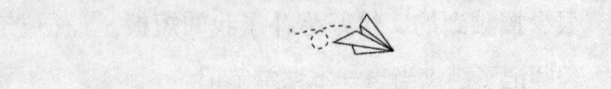

变变变，我的火车快快跑

变变变，孙永才在构思新产品设计的时候，想到了《西游记》中孙悟空的七十二变。

二十世纪九十年代，中国铁路人开始研究世界高铁技术，启动动车组的研发工作，引进了世界先进的不同型号的动车组。而不同型号的动车组在标准、电压、设备、设施等细节方面具有不同的理念和设计，在投入使用之前必须要做一些改造和调整，才能符合中国现有的道路运行环境。

一位列车长反映："有一次列车运行途中突然发生故障，不得不中途更换车体。但是，等换到备用动车组上，五十多名旅客吵着要退票，因为车上竟然没有与车票对应的座位。原来是因为两个车型定员不同,前者有六百一十个座位,后者却只有五百五十六个。"

一位技术人员用形象的比喻说:"不同型号的动车组自成一体,在旅客界面、司机操作界面、动拖比例等方面存在诸多差异,无法实现互联互通,难以互为备用。这就好比北方人和南方人碰面,如果双方只会说方言而不会讲普通话,交流时就只能干着急。"

而一位检修工则摇头说:"复杂的检修和维护,才是最大的麻烦。"

如何才能突破技术壁垒?打造中国的标准动车组,如何做到技术创新与本土化结合?怎样打造民族化的工业品牌?孙永才陷入深深的思考。一个又一个的难题横亘在眼前,如同《西游记》中取经路上的艰难险阻。

二〇〇八年十二月以来,孙永才任中国北车集团总工程师、副总裁,主管技术工作,全程参与并负责组织研制新一代CRH380高速动车组。为推进工作,他提出"协同创新"的顶层设计理念,搭建起"两厂三地六同步"的协同创新模式，即在总部所在地北京开展概念设计、系统设计，在唐山、长春两个企业所在地开展产品设计、工程设计，统筹设计、试验、工艺、采购、质量、制造等六大系统同步推进，集中力量攻克核心技术难关。这种异地协同设计平台充分发挥了资源整合作用，动车组研发周期一举缩短百分之四十。

二〇一一年一月九日，CRH380在京沪高铁先导段试运行中创造了487.3公里的时速纪录，这是当时世界铁路运营试验的最高速度。

二〇一三年，根据中国高速铁路发展和"走出去"的要求，中国铁路总公司正式启动"中国标准动车组研制项目"。后来，这列开天辟地的中国标准动车组带着历史的责任和使命被命名为"复兴号"，孙永才成为集团公司这个研制项目的主持者。

众望所归的"复兴号"以鲜活的形象和独特的民族气质出现在项目计划中、设计图纸上，每个环节的设计研发，都是一场攻坚硬仗。

夜深了，"复兴号"研发团队的办公室依然灯火通明，埋头工作的人们忘记了时间。肚子饿了，就叫外卖，快速吃完饭，又回到工作间继续工作；困了累了，就躺在办公室的沙发上眯一会儿，醒来继续工作。

设计研发团队加班加点，不分昼夜，不知进行了多少次头脑风暴和方案修订。

"复兴号"设计要求运营时速是350公里，既要节能，还得有良好的舒适度和稳定度，而且噪声要小。明确了目标，明晰了要求，大家朝着这个方向努力。

"在研发设计环节，首先明确正向研发的概念。要考虑有什么样的需求，比如列车时速要达到的水平，要适应怎样的运营线路，在维修方面要满足什么样的需求，在旅客界面上要达到何种效果……根据需求设计技术方案，有的放矢地对方案进行细化分解。"孙永才亮出自己的思路。

设计人员纷纷提出了问题和想法："如果噪声要小，就得有更多的降噪设计和吸音措施。"

"强调动车的高速度、高颜值和超节能，就技术本身而言是一个矛盾。要解决这个问题，需采用大量的轻量化、节能环保等高科技工艺，才能达到标准和要求，这必须经过大量的实践。"

"高速动车组电机的电流每上升一个等级，电气调试难度、复杂程度就会以几何级数增加。"

"从时速200公里到时速350公里，虽然只是简单的数字变化，却是横在技术人员面前的一座高峰。"

"虽然眼前困难重重，不过办法总会比困难多。"面对重重困难和压力，孙永才从不轻言放弃。

在主持"复兴号"高速列车研制工作期间，孙永才忙碌穿梭于各研发单位，深入研发设计现场、生产线或大山腹地的试验线，提问题，听汇报，出思路，做部署，体现了"掘地三尺"的较真劲儿，不做到完美绝不罢休。核心技术协调会一个月固定开一次，主要解决企业、部门等相关环节间的接口问题，避免出现错误和疏漏。然而，需要解决的问题总是纷至沓来。

仅"复兴号"头型设计的方案就数不胜数，最终甄选出十个方案。孙永才和专家团队仔细查

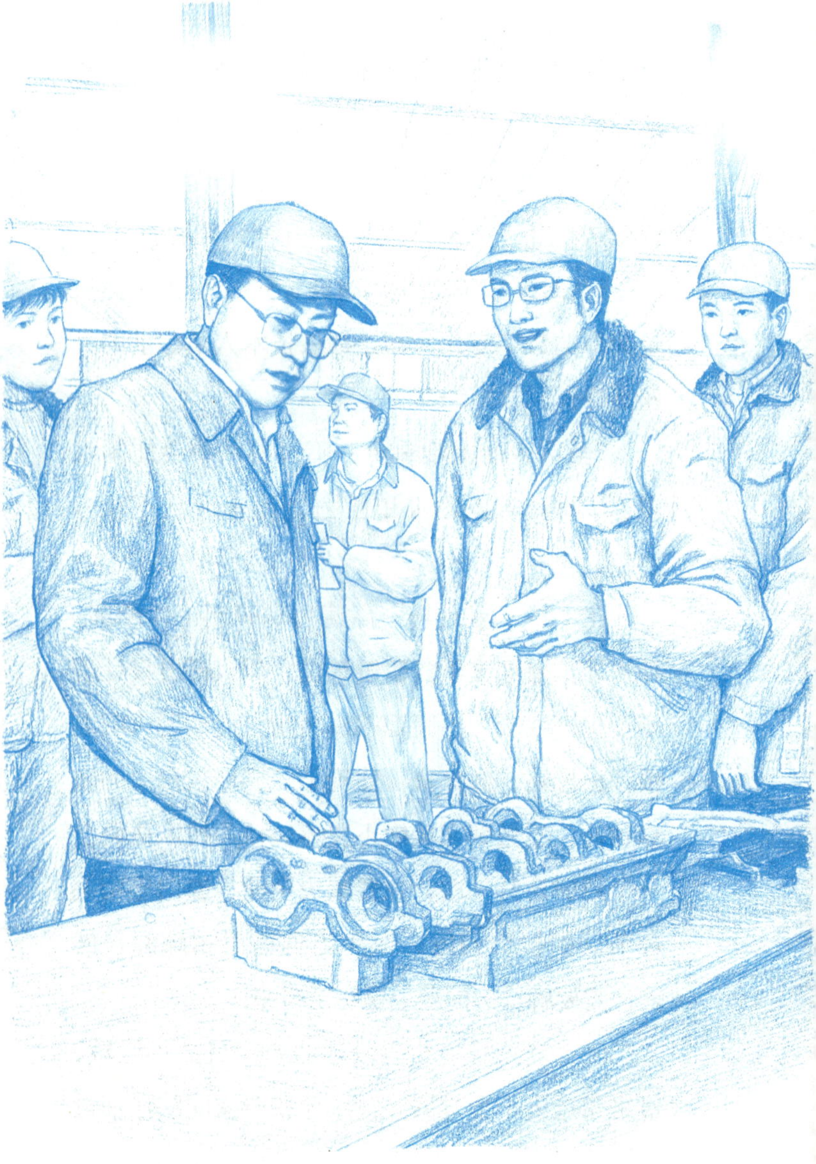

看，反复推敲。

过去的火车是"火车跑得快，全靠车头带"，而现在"动力分散"原理①则将电动机分散安装在列车的各个车厢，发挥了"人人都是火车头"的效力。不过，这并不代表火车头的核心指挥价值不再，动车头型设计依然是设计中的头等大事。

设计研发团队工作人员指着那一个个造型独特的动车头模型阐释设计理念："民族工业的原创性根植于传统文化，在车型设计方面要体现中国精神和民族神韵。"

一个帅气的"青铜剑"动车头型的设计模型引起了大家的兴趣："这个创意思路从哪儿来的？"

"春秋时越王勾践卧薪尝胆，陪伴他的是一把'三千越甲可吞吴'剑。'青铜剑'剑身流畅，有着一飞冲天的气势，又有越王勾践的内敛和深沉，体现中国动车在蛰伏中等待复兴的状态。"

"这尊'飞龙在天'动车头型的设计思路同

---

① 就是将列车动力分散到不同的车厢，如八节的列车，是四动四拖，动力车厢在一、三、五、七节，其他非动力车厢为拖车。

样源自中国传统文化理念,'飞龙在天,利见大人',作为中华民族的精神图腾和象征,龙代表着中国高铁展现的蓬勃昂扬的生命力和原创力。"

在查看比较了动车头型众多设计模型后,孙永才提出了问题和意见。

"头型外部设计虽然兼具现代感和民族精神,但内部的空间舒适度欠缺。头型设计需进一步优化,既要美观,又得满足减少空气阻力的要求。

"要减少空气阻力,就要遵循流线型头型设计规律,要考虑列车高速运行中可能出现的'隧道、横风、噪声、尾摆'等效应。

"头型设计不仅仅集中于车前部,两侧、中下部、连接处等都是组成部分,减少阻力才是跑得快的硬道理。

"动车头的驾驶空间设计布局要合理,这儿是动车组最核心的部分,被称为动车组的'大脑中枢',其重要意义不言而喻。

"紧急制动按钮要在驾驶室操纵台的多个地方出现,便于处理紧急事件,减少和避免事故的发生。"

动车车头设计小组的模型图纸刚撤下,负责机车组的小组又将自己的设计和问题摆在桌面上。

"在内部构建设计方面,要抓住一个关键点,那就是一定要强调内部空间的舒适性。"

"座椅要宽大舒适,空间不能过于狭窄,色彩搭配也可以更加时尚、个性化,要给每个座椅都配备插座,保证满足旅客的取电需求。车厢内必须实现Wi-Fi全覆盖,保证旅客可以随时上网。"

"动车上的照明设备需要更加人性化的设计,车内照明可以有十几种模式,亮度从高到低,光线从暖到冷,每个座位都能使用阅读灯,而且可以让旅客根据自己的喜好去调节亮度和色温。"

"可以想象一下,我们外出旅行乘车的时候,置身于这样一种色彩、氛围的时候,是不是更加愉悦?"

大家频频点头,原来,被称为"工作狂"的孙永才实则有一颗热爱生活、充满温情的心。

变变变,中国的高铁,在变化中生存,在变

化中更加有力地奔跑。从过去的追赶到与行业并跑，再到世界行业领跑的几个阶段，中国高铁的变身速度，超出所有人的预料。

变变变，"复兴号"的研制实则是在与时间赛跑，每天都有新变化。驶上时代机遇的铁轨，"复兴号"在万众期盼中横空出世。

给儿子的一封信——给火车加把劲儿

亲爱的儿子：

你好！生日快乐！今天是你十六岁的生日，可是我却不能在你身边，给你做一份鸡蛋面。多想为你点燃蛋糕上的蜡烛，看着眼前这个翩翩少年低头许愿，然后一开口就呼的一声吹灭蜡烛。很怀念我们父子俩彻夜长谈的那些时光。

也许你心里会责怪爸爸经常出差，不着家。记得你曾经噘着小嘴说："爸爸，你是不是心里只有火车？"

孩子，爸爸的心里不仅有火车，还有咱们这个小家，咱们中国人的大家。

也许，我在你眼里是个不合格的父亲，经常

加班加点，早出晚归，回到家都已是深更半夜，而你早已经睡着了；经常是正吃着饭，突然接到电话，就立马拎着行李箱要走；经常一外出就是大半年不见人影……

孩子，我知道你在等我，你一定有很多事情想要跟爸爸说。你一定有无数个在青春期懵懂又迷惘的困惑，需要找到答案，我知道你很想如小时候那样坐在我的膝盖上问这问那。也许在你眼里，爸爸是个无所不能的人，他总能接住你抛来的球。是的，孩子，无论我们见不见面，我们都会心意相通，在你成长的路上，我永远在你身边。

孩子，我要告诉你，你已经长大，不再是那个咿呀学语、蹒跚学步的小孩，不再是那个躲在妈妈身后不敢露头的怯懦小孩，不再是那个过马路要紧紧拉着爸爸的手的小学生，也不再是那个不知忧愁为何物的莽撞少年。当有一天，我突然听到你变声后的深沉嗓音，不禁又惊又喜。惊的是，时间飞逝，转眼间，你从一个小孩长成了一个小伙子；喜的是，你成为一个有思想的少年，对于自己的认知和未来的规划显得从容,有章法又有见地。

此时此刻,我依然在出差的旅途中,每天都在火车上,我的谈资、思考几乎都与火车有关,火车成为我生命中极为重要的一部分,如同你们,我的亲人们。我已经到了"知天命"的年龄,做自己喜欢的事,做造福他人的事,是我的责任与使命,希望快捷、舒适、中国造的火车,真正成为老百姓衣食住行中的一部分。

当然,中国的火车也的确该改头换面了。在爸爸小的时候,火车唤起了许多人对于远方的憧憬,它打破了时空的阻隔。人们热爱它带来的便利,但由于条件限制,火车出行也成了让大家且喜且忧的话题。火车的确是我的少年梦,今天,我要自豪地说,我实现了我的火车梦,不但坐上火车,还主持设计、研发、制造了世界最快、最安全的火车之一。

一直以来,我坚持认为,作为一名铁路人,要为改变老百姓的出行而尽全力。我们中国的老百姓要享受高质量、高效率的出行,中国制造也可以拿出一流的产品服务于世界。

孩子,天降大任于斯人。如果有一天你看清楚了生命赋予的责任与使命,你会发现自己浑身都充满了力量,如同阳光,我们沐浴其中,被照耀,被温暖,同时也想将这种温暖的力量传递给更多的人。而爸爸目前从事的高铁动车事业,就是这样一个值得自豪并可以为之奋斗终生的事业。

孩子,十六年前,你的降临让我感受到生命的重托与责任。今天是你的生日,同时今天也是值得祝贺的一天,因为我们成功生产出了自主创新研发的全球功率最大的电力机车,这个消息值得所有中国人庆贺。

黎明,大地还未苏醒,经过无数次检验的动车蓄势待发,那流线型的车头贴地而行,轻巧优美,如同一道银色的闪电。整个设计研发团队的人像等待出生的孩子般等待着,期盼着。我盯着车内速度显示屏上的数字,一路飙升,车的平衡性全部达到设计要求。

众人惊呼,简直令人难以置信,许多设计人

员激动得跳了起来，有的难以自持地抱在一起，喜极而泣。

干杯！几百个酒杯砰砰地发出清脆的声响，为这骄傲的瞬间曾经付出全身心的工作人员笑着，流着眼泪，一起喝下这杯庆功酒。

惊喜！世界铁路运营试验最高速诞生了！这个速度是接近飞机低速巡航的速度，这个速度的动车组在世界上也尚无先例。这是我们中国人自主研发的动力火车！它的名字叫"复兴号"，中国标准动车组响亮的名号，承载了中国老百姓多少希望和智慧！"复兴号"的表现向世界证明了中国自主研发的能力。

孩子，你知道吗？你说有好久没有见到我了，我听了心里有些酸楚。其实比我能干的同事多着呢。我们的设计团队攻关整整十八个月，大家都在加班加点，争分夺秒地工作，核心工作人员每天最多平均睡四个小时，靠着责任、激情和废寝忘食的"狠劲"，我们完成了业内规模最大、历时最长的研究设计和试验。

高速动车组是个庞大的系统工程，光零部件

就有五十万多个，需要设计并绘制几万张图纸。"复兴号"车头模型出炉时，打印数据用的A4纸足足堆了有一米多高。

而一列高速动车不仅是设计出来的，更是试验出来的。从最初设计到最后上线载客运营，必须进行大量的试验验证。在那段试验的日子，需要研发团队全程跟车。每天凌晨四点开始整备，白天跟车试验十多个小时，晚上还要整理当天的试验数据，制定第二天的试验方案。最热的时候，要在四五十摄氏度的车厢里做试验，而最冷则是在最低温度达零下三十多摄氏度的户外进行。

在工作中，有的人因为长期加班，身体累病了，住院打着点滴，还在关注着每天的工作情况。在团队中，无论年长者还是年轻人，每一个人都是"拼命三郎"。孩子，告诉你这些，可能你会觉得不可思议，仅仅是一份工作，大家为什么会这么敬业，这么拼命呢？是中国铁路发展的大机遇让我们这代人赶上了，如果机遇抓不住，那将是我们这一代人甚至之后几代人的一种遗憾。当机遇摆在你面前，过错是暂时的遗憾，错过是永远的遗憾。因为肩负着这种责任和使命，同时基于对高铁事业的执着和热爱，才会有一个又一个的精彩和传奇。

孩子，随着时间流逝，你会长大，你会理解，你能看见这个世界因为中国高铁动车的变化而发生的改变。

孩子，世界是你们的，也终将是你们的。爸爸需要你来为我加把劲儿！祖国需要你们给火车加把劲儿！未来需要你们给民族加把劲儿！

你的爸爸
孙永才

千锤百炼出真金

你知道一列飞驰而过的火车,在"出生"前都有哪些经历吗?

有各种各样的试验要检查测试这个"新生儿"的各项指标。

你知道"复兴号"从样车到最终定型,一共做了多少次试验,跑了多少公里,用了多长时间吗?

两千三百多项线路试验,试验数据报告打印出来可以摞成好几人高呢!试验检测六十万公里,相当于沿地球赤道跑十五圈。

听起来是不是会让你大吃一惊呢?

一列高铁动车进入试验室,犹如人在医院体

检，会被分器官、分专业进行检查和保健。将有多个试验台同时对列车全系统进行试验和研究，如同进行"全身体检"和"整体机能的调整"。

凌晨五点，东北平原还在零下二十摄氏度的寒风中沉睡，高速列车如同一条出世的蛟龙，划破沉寂的大地，飞驰而去。在高铁运行试验的高速综合检测列车上，孙永才带着电气主管们跟车检测。

车在跑，人也在跑。工作人员在疾驰的列车上来回奔走，密切监控检测列车的运行状态，随时通报和处理各种问题。孙永才关注的不仅是列车的速度，他的双眼一直紧盯着屏幕看脱轨系数的试验数据，看这些数据能不能达到设计要求和行业标准。这与他技术出身养成的思维习惯有关——关注关键的技术数据。

试验检测车厢上有很多传感器，把各个部位关键地方的数据传输到车上的观察车厢，观察车厢里排列着一排屏幕，上面有关于速度、脱轨系数的关键数据，孙永才如同一个临阵指挥的大将，在车厢内运筹帷幄，在屏幕前排兵布阵。

然而这次试验并不十分顺利。刚上线开始试验不久,列车偶发三百微秒通信中断故障,但随后又不见踪影。三百微秒,比闪电还快。这到底是设计问题,还是突发电磁干扰?

"问题到底出在哪儿?"孙永才立马召集几个技术骨干研究解决的方案。

大家仔细检查了各个核心环节,一时间并没有发现故障和问题。

孙永才说:"通信中断的故障虽然是偶发现象,但是作为试验测试,容不得一丝马虎,必须找到问题的根源,绝不能把问题带到定型后的产品。"于是,精英骨干们将所有相关图纸放在一起分析,挨个儿梳理检查每一个细节。

每天早晨五点,天还没亮,漆黑的户外呼气成霜,大家就已经赶到试验现场做准备,不断调整着测试策略,连续监视着示波器,生怕稍有疏忽就会错过故障记录。

孙永才一一检测完,抬头看向窗外,才注意到夜幕如同一张黑网又将大地笼罩。整整一天,从凌晨到黄昏,检测数据,整理数据,做分析报

136 中华先锋人物故事汇 孙永才

告，再发回后方验收……完成一天的工作后，已是深夜时分。"两点一线"是在野外的检测试验工作人员的日常状态。

可是，这个故障似乎是个"淘气包"，与大家玩起了捉迷藏游戏，在连续几天的运行试验过程中都没有再次发生。

技术人员小周说："怎么都找不到问题，真奇怪。"

孙永才说："那就继续检测。"

于是，大家继续如常工作。

"啊，三百微秒！说来就来呀！"

"终于捕捉到了，消灭它，不除隐患不罢休。"

七天，一百六十八小时，终于排除了故障！大伙儿心里别提有多高兴了。

冲高速试验是整个试验环节中最具挑战性的部分，尤其是高铁会车，孙永才用"惊心动魄、压力大但也最有成就感"来形容当时的感受。

在河南省民权县杨堂村的高速试验车上，工作人员紧张地在车上来回奔走，检查，检测，不放过任何一个细节。

而附近正在玉米地里除草的农民,只听到嗡的一声,抬头望去,才发现两列风一般飞速而过的列车已经驶出视野,隐没在伸向远方的两组轨道上。

中国标准动车组样车以时速420公里交会成功!这一速度相当于车体带着旅客一秒钟"飞"过117米。

孙永才紧盯着这个数据,按捺不住内心的喜悦,向工作人员做了一个表示胜利的手势。几个核心工作人员像突然回过神似的,高兴地抱在一起,相互击掌,庆祝这一重要的历史性时刻,二〇一六年七月十五日十一时二十分,中国标准动车组实现了高铁会车第一速!

在风沙飞舞、寸草不生、荒无人迹的兰新高铁线上,耐高寒、抗风沙动车组正在进行风沙试验。白色的车体犹如长龙过瀚海,在广袤的戈壁、大漠、高山中闪电般地穿行着。这条线路通往新疆,是国内一条横穿大漠风区的高铁线,自然条件极其恶劣,要穿过世界风灾最严重的地区之一——百里风区,这儿每年风力达八级以上的天数平均为二百多天。

"没想到,这儿的风这么大,身体瘦弱、体重轻的,估计一不小心会被刮跑。"孙永才一下车,感觉风呼呼作响,头发在风中飞舞,走路的阻力格外大,连路边的小树都被刮成"一边倒"的造型。"一定要赶在最恶劣的天气下做试验,这样得出的数据才会更准确。"

大家点点头,每天从下午四点跟车,一直试验到第二天凌晨四点。为了抓住凌晨刮大风的时间来试验大风对动车行驶的影响,检测真实的动态数据,整整两个月,整个团队跟车跑了三万公里,在车上几乎没睡过一个囫囵觉。

"那时,只想着要赶在最恶劣的天气下做试验数据会更准确,所以我们会在最特殊的时节、风沙最盛行的时间段进行检测。有时实在困得不行了,就趴在防风沙袋上眯一会儿。"孙永才回忆起那段艰苦的日子说。

"对于地震等特殊突发事件,'复兴号'有应对措施吗？"

"旅客安全大如天。如果列车在行驶中遇到异常现象，刮狂风，降暴雨，或者突发地震，动车组能报警，并自动采取限速或停车措施。"

在防震试验测试现场，轰隆隆——随着可怕的声响加剧，周围的物体开始出现摇摆，而动车则稳稳地缓行、停靠。车里面的工作人员虽然已经对这种试验有了心理预期，然而到了现场，依然不可避免地出现紧张和焦虑。有的工作人员在试验结束后，仍心有余悸。

在长期参与标准动车组安全防控系统研发的过程中，孙永才与团队研发应用地震预警系统，还增设了碰撞吸能装置、防脱轨装置、防车厢与车架分离装置，确保在动车遇到极端情况时可以起到缓冲和保护作用，避免出现意外和损失。

谈及动车的试验，大家都深有体会。

"要做的试验太多，在确认达到检验标准之前的试验名目繁多，举不胜举，可以说是一遍又一遍反复进行试验检测。'为你，千遍万遍'，直到全项指标都符合行业的规范和标准，我们才能睡个踏实觉。"另一位设计师说。

"每次成功做完试验,我们都会激动不已,因为太不容易了。如果能够拿到奖项,那就更开心了,整天要乐开花了呢!"一位年长的工程师拂了拂额前的白发,笑呵呵地说。

"检测试验是全面验证列车先进性的一种手段,当然,也具有一定的风险性。而安全监控,分秒在控。"孙永才点点头,"正是团队不畏艰苦地进行试验,才解决了不计其数的难题,从量的积累到质的飞跃,从点的突破到系统能力的提升,最后汇聚成'复兴号'。"

一列动车经过系列测试后,经过无数道检测成为合格品,就具备了可以上线的条件。于是,它如同在烈火中锻造的锋利又华美的宝剑,在出征之前,悄然地回到沉稳、安静的剑鞘中,随时等待着主人的开启和召唤。

三年多的时间,孙永才带着研发团队历经五百零三项仿真计算,五千二百七十八项地面试验,二千三百六十二项线路试验,解决了一系列重大技术问题和世界性难题。二〇一七年一月，中国标准动车组取得了"准生证"——型号合格证和制造许可证。二〇一七年二月二十五日，在京广高速铁路线上，中国标准动车组样车"复兴号"投入载客体验运营。二〇一七年九月二十一日，具有完全自主知识产权的"复兴号"动车组在京沪高铁线上以时速350公里正式运营，我国成为世界上高铁商业运营速度最高的国家。

"中国高铁，千锤百炼出真金。"孙永才在笔记本上写下了这样的总结语。

给孩子们的一封信——
驶向未来的"复兴号"

亲爱的小读者:

你们好!你们有没有想过自己的未来?有没有想过要当一名动车上的工作人员?你们会对那个开着"长龙"、载你飞驰的神秘驾驶室和司机感兴趣吗?

其实,在我们铁路行业中,有很多人就是从小梦想着自己长大了开火车,当一名光荣的火车司机,或者像我这样,梦想着有一天能成为坐上自己主持设计制造的火车的设计师。把梦想变为现实是件很神奇的事情,最初这个小小念头可能就是一粒种子,一旦遇到了适宜的土壤、阳光和雨露,在执着和勤奋的汗水的浇灌下,那粒种子会吐露新芽,破土生长,直到长成一棵理想之树,开出美丽的花朵,结出丰硕的果实。

让我来给你们说说一个孩子梦想的种子和中国制造(Made in China)的联接吧。

我从小的梦想是坐火车,坐上火车了就想造火车,也许我的生命里就有这样一列火车,我已经开启了它的按钮,它正在运行,正在奔驰,我希望自己主持设计制造的"复兴号"中国标准动车组可以载你们一程,我们一起开启一场驶向未来的动车探秘之旅。

有人说世界的交通史实则是一部人类出行速度不断提高的历史。中国古人很早就有"日行千里,夜行八百"的渴望,出行的速度、安全和舒适性成为行车的要求和标准。人类在不断实践的过程中,对于速度的追求从未改变过。在二十一世纪的今天,对出行的快捷、稳定、安静、安全、节能、环保等的更高要求,则成为衡量现代文明的标准之一。

当我有了梦想的种子,我就会想方设法地去培育它,不遗余力地去实现它。没有执行力的梦想只能叫作空想和妄想，如果没有不达目的绝不罢休的决心和毅力，任何梦想都不会开花结果。随着年龄的增长，随着知识的累积，我的梦想与Made in China搭载在一起，形成了生命中最重要的事情——造出具有完全自主知识产权、达到世界先进水平的新一代高速列车。

幸运的是，我赶上了有史以来最好的时代，抓住了这个时代中的机遇。我和一些有着共同梦想的人组成一个坚不可摧的团队，实现交通强国的战略的核心需求，将我们拧成一股绳，形成了一个以Made in China为核心的创新体系，合力打造一部中国标准动车组的神话，并在有生之年见证了这个奇迹的发生。

带动火车加速的轮子在当今有着更丰富的意义和内涵。在一个孩子的梦想构建中，他实现了个人价值和理想，而他最大的愿望是通过动车去连接世界，实现造福人类的愿景。而实现愿望的动力在当下的高铁事业中就好比火车的双轮驱动，一是改革的驱动，二是创新的驱动。

下一步，我们的动车又将驶向何处？孩子们，未来在你们的手中，你们将带领动车驶向未来。你们会造出更多更快更优质的中国高铁列车。

《西游记》中孙悟空的变变变，十万八千里的速度，可能也将不再是虚构的文学想象。如何将梦想变为现实，一直是人类创造力的内驱力。古人曾经预言未来的世界："铁鸟在天上飞，铁马会带着四个轮子在地上跑。"在我们的当下生活中，飞机、汽车不都一一在生活中实现了吗？它们已经成为我们生活中的一部分。古人曾经对未来的想象和预言很多已经成为现实。

爱因斯坦曾经说过："想象力比知识更重要。"科学家的观点证实了创新思维的重要性，我们在实践中要不断地强调原创性。在这里，我要赠送你们三把开启未来列车的钥匙——

第一把钥匙是好奇。没有好奇心，就没有探索欲和求知欲，要敢于想象，敢于体验，敢于实践。世界上任何一种发明，都源于创造者一颗好奇敏感的心，能够从未知领域着手，大胆地去质疑和挑战一些世俗圭臬，从习以为常的事件中感知不同，发现不一样的美。

第二把钥匙是智慧。人类如果没有智慧，就如同盲人摸象，永远看不到生活的本质和核心，不知道自己为什么而活，不知道活着的意义和目的，更不知道活着的价值，这岂不是一件悲哀的事？当然，智慧需要从长期的学习、思考和经验的积累中得来，没有人能够一蹴而就。

第三把钥匙是执着。当你有了自己的梦想，当你明确了你的目标和方向，接下来更为重要的事就是坚持不懈地去为实现梦想而努力，数十年如一日，不忘初心，梦想的种子终会开花结果。这个时代不缺聪明人，而是缺"笨功夫"——坚持。

亲爱的小读者，时间的列车永不停歇，我们还将继续往前走。生命就像一列单程列车，有人上车，同样也会有人下车。在你们人生的列车上，我作为一个动车梦想的实践先行者，陪你们一起走一段，但愿能够给你们的人生带来一段温暖的记忆。

下一站，这列动车将开向哪里？下一站，它将驶向未来！

孙永才